Schöne, grausige, kluge, witzige, bewegende und anrührende Alltags-Geschichten von Franz Hohler, dem anerkannten »Meister der kurzen Form«. Franz Hohler muss nur die Augen aufschlagen und schon begegnet er den abgründigsten Menschen. Und den merkwürdigsten Situationen. Oft genügen kleine Ereignisse, um unser Leben grundsätzlich aus der Bahn zu werfen und uns mit manchmal überraschenden Wahrheiten über uns selbst zu konfrontieren ...

»Ein kleines, feines literarisches Gourmetstück, das man langsam auf der Lesezunge zergehen lassen kann.« *Saarländischer Rundfunk*

Franz Hohler wurde 1943 in Biel, Schweiz, geboren. Er lebt heute in Zürich und gilt als einer der bedeutendsten Erzähler seines Landes. Hohler ist mit zahlreichen Preisen ausgezeichnet worden, zuletzt mit dem Alice-Salomon-Preis und den Johann-Peter-Hebel-Preis.

Franz Hohler

Das Ende eines ganz normalen Tages

btb

Der Verlag behält sich die Verwertung der urheberrechtlich geschützten Inhalte dieses Werkes für Zwecke des Text- und Data-Minings nach § 44b UrhG ausdrücklich vor. Jegliche unbefugte Nutzung ist hiermit ausgeschlossen.

Penguin Random House Verlagsgruppe FSC® N001967

4. Auflage
Genehmigte Taschenbuchausgabe August 2010,
btb Verlag in der Penguin Random House Verlagsgruppe GmbH,
Neumarkter Str. 28, 81673 München
produktsicherheit@penguinrandomhouse.de
(Vorstehende Angaben sind zugleich Pflichtinformationen nach GPSR)

Copyright © 2008 by Luchterhand Literaturverlag, München,
einem Unternehmen der Verlagsgruppe Random House GmbH
Umschlaggestaltung: semper smile, München,
unter Verwendung einer Umschlaggestaltung von R·M·E,
Roland Eschlbeck/Ruth Botzenhardt, München
Foto: © Christian Altorfer
Druck und Einband: GGP Media GmbH, Pößneck
KS · Herstellung: SK
Printed in Germany
ISBN 978-3-442-74081-9

www.btb-verlag.de
www.facebook.com/penguinbuecher

Ein Fall

Jemand, nämlich ich, ging zielbewusst über einen Platz in Basel, nur noch wenige Minuten von der Lokalität entfernt, die er aufzusuchen gedachte, da er dort verabredet war, sein Schritt war nicht hastig, aber doch vorwärts orientiert, nicht schlendernd wie etwa derjenige der bemerkenswert schönen jungen Frau, die er überholte. Der Jemand war beschwingt, denn er war dort, wo er hinging, ein freudig Erwarteter, und es muss wohl sein in die Ferne gerichteter, seinerseits erwartungsvoller Blick gewesen sein, der ihn die kleine Kante übersehen ließ, die er nun mit seinem rechten Fuß übertrat. Er hatte sie übersehen, weil er sich auf einem gepflästerten Platz wähnte und nicht auf einem Trottoir, und nun wurden die Gesetze der Physik sekundenschnell und erbarmungslos auf ihn angewendet, Zentrifugal- und Zentripetalkraft stritten sich um ihn, zerrten ihn vor und zurück und auf und ab, sein eben noch gelassener und ebenmäßiger Gang verwandelte sich in ein Zucken und Krümmen seines Körpers, einen gnomenhaften Tanz, durch den ihm die Mütze vom Kopf geschleudert wurde, und er selbst wurde schließlich durch die wild ausscherenden Kräfte in die Knie gezwungen, und während er sich mit Mühe wieder zu erheben und seiner verlorenen Würde zu bemächtigen suchte, bückte sich die schöne junge Frau nach seiner Mütze und überreichte sie ihm lächelnd, so wie man einem Invaliden etwas zuliebe tut, bevor sie, die Handtasche an der Schulter, lässig weiter bummelte und ihn, diesen Jemand, mich also, mit einem scharfen Schmerz im Knöchel als plötzlichen Greis zurückließ, der sofort spürte, dass ihn dieser Misstritt um Kilometer von seiner Abmachung trennte und auch alle seine andern Abmachungen in eine ungewisse, bedrohliche Ferne rückte, dass dadurch auch ein Verb wie »gehen« sofort aus seinem Vokabular verbannt wurde, mehr noch, dass es niedergeschlagen wurde durch eine Bande von Substantiven, deren lümmelhafte Anführer »Unfall« und »Notfall« hießen, ein dritter, der blöde grinste, nannte sich »Zufall«, und sie alle kamen nun auf Jemand zu und sagten zu ihm, als sie ihn links und rechts unter dem Arm fassten, sie hätten schon lange auf ihn gewartet.

Liederabend

Der Sänger und die Pianistin treten auf, im Saal einer Kleinstadt, auf einem niederen Podest, vor getäferter Rückwand, mit schlechter Deckenbeleuchtung. Der Lüster im Saal bleibt während der Darbietung angezündet, damit ein wenig Licht auf das Gesicht des Sängers fällt.

Und nun hebt er an zu singen, ruhig, schön, eindringlich, während die Hände der Pianistin wie Tänzerinnen über die Tasten wirbeln. Der Sänger singt, indem er die Leute dazu anblickt, von Myrten und Rosen, von Nachtigallen, von Tränen und Träumen, von Sehnsucht, Seufzern und Verlangen, von Kummer, Gram und der Wiege seiner Leiden. Die meisten, die zuhören, kommen aber nicht aus einer aufgewühlten Stimmung, sondern sie haben den Tag an irgendeinem Pult verbracht oder haben unterrichtet oder haben die Angebote der Woche eingekauft oder haben sich in der Baumusterzentrale neue Bodenbeläge für die Küche zeigen lassen, und nun verharren sie hier alle nebeneinander in dem kleinen Saal und lassen die Botschaften der Liebe, der Ahnungen und des wilden Schmerzes auf sich niedergehen, und sie sitzen da, Kopf an Kopf, wie in den Boden eingelassene Pflastersteine, auf die nach einer trockenen Zeit ein Frühlingsregen sprüht, der sie einen Moment aufatmen und von etwas längst Vergessenem träumen lässt, bis der Sänger und die Pianistin sich verneigen und den

Saal unter Applaus verlassen. Dann sinken sie in ihre alte Trockenheit zurück, um sich wieder täglich über die Köpfe gehen, treten, trampeln und rollen zu lassen.

Die Verkündung

Letzthin, im Zug, direkt neben dir, das elend-fröhliche Digitalpiepsen eines Handys, und du weißt, jetzt wirst du die Seite nicht in Ruhe zu Ende lesen können, du wirst mithören müssen, wo die Unterlagen im Büro gesucht werden sollten oder warum die Sitzung auf nächste Woche verschoben ist oder in welchem Restaurant man sich um 19 Uhr trifft, kurz, du bist auf die unüberhörbaren Schrecknisse des Alltags gefasst – und da kramt der junge Mann sein Apparätchen aus der Tasche, meldet sich und sagt dann laut: »Nein! – Wann? – Gestern Nacht? – Und was ist es? – Ein Bub? – So herzig! – 3 1/2 Kilo? – Und wie geht es Jeannette? – So schön! – Sag ihr einen Gruß, gell! – Wie? – Oliver? ...«

Und über uns alle, die wir in der Nähe sitzen und durch das Gespräch abgelenkt und gestört werden, huscht ein Schimmer von Rührung, denn soeben haben wir die uralte Botschaft vernommen, dass uns ein Kind geboren wurde.

Kinder

Das Haus, das wir bewohnten, stand etwas außerhalb des Dorfes, in dem mein Vater Lehrer war. Neben dem Haus befand sich ein kleiner künstlicher Weiher.

Ich war höchstens drei Jahre alt, als mein Bruder und ich beschlossen, diesen Weiher auszuschöpfen. Mit einer leeren Ovomaltinebüchse gingen wir zum Rand des Teichs und begannen damit Wasser zu schöpfen und hinter uns in den Garten zu leeren. Wir schöpften und schöpften und schöpften und konnten nicht begreifen, dass sich der Wasserspiegel nicht senken wollte und dass der Grund des Weihers so unerreichbar blieb, als hätten wir ihm nicht eine einzige Büchse Wasser entnommen.

Die junge Großmutter

Im Eingangsraum unserer Wohnung hängt ein Bild, das die Großmutter meiner Frau als junges Mädchen zeigt. Eine Cousine brachte es vor ein paar Jahren zu uns, nach dem Tod ihrer Mutter, und nun schaut uns das Mädchen jeden Tag an, uns und alle, die hier ein- und ausgehen.

Sie mag vielleicht 18 Jahre gewesen sein, damals, hält den Kopf leicht geneigt und blickt erwartungsvoll und skeptisch zugleich auf das Leben, das vor ihr liegt. Die Haare sind kunstvoll gebunden, ein Band hält sie zusammen. Ordentlich sollte sie aussehen für das Portrait, und doch hat ihr der Maler ein paar Strähnen zugestanden, die ihr seitlich und hinten etwas vom Kopf abstehen, eine hängt ihr sogar ein kleines bisschen in die Stirn hinein.

Die Skepsis, hinter der man auch Melancholie ahnt, war berechtigt. Ich weiß nicht viel von ihr, aber ich weiß, dass sie den Mann, den sie ursprünglich liebte, nicht bekam. Die Gesellschaft war dagegen und ordnete ihr einen anderen zu, der später Direktor einer Großbank wurde und am Tag ihres Todes einen Geldtransport in das künstliche Höhlensystem der Alpen begleiten musste, denn der Zweite Weltkrieg war ausgebrochen, und Hitlers Einfall in die Schweiz wurde täglich erwartet.

Als sie starb, war sie erst 47 Jahre alt und hinterließ einen Sohn und drei Töchter. Eine davon war die Mutter meiner

Frau. Hätte die junge Großmutter der Stimme ihres Herzens folgen können, würde sie heute nicht im Eingangsraum meines Hauses hängen, denn dann wäre ihre Tochter und damit auch deren Tochter nicht zur Welt gekommen, und ich hätte sie nie kennen gelernt, und auch meine zwei Söhne, ohne die ich mir mein Leben nicht mehr vorstellen kann, wären nicht da.

Ich achte darauf, dass auf dem Tischchen unter ihrem Bild stets ein kleiner Blumenstrauß steht.

Als ich zwanzig war

Als ich zwanzig war, war es so kalt, dass der Zürichsee gefroren war.

Als ich zwanzig war, schrieb ich meinen Matura-Aufsatz über Kräfte, die jenseits von Politik und Wissenschaft unser Leben bestimmen. Ich schrieb vor allem über die Phantasie.

Als ich zwanzig war, durfte ich zum erstenmal abstimmen. In meinem Primarschulhaus betrat man eine Wahlkabine, konnte dort seinen Stimmzettel mit »Ja« oder »Nein« beschriften und ihn nachher in die Urne werfen. Ich weiß nicht mehr, wozu ich damals Ja oder Nein gesagt habe. Stimmen durften, als ich zwanzig war, nur die Männer.

Als ich zwanzig war, gab es an der Universität so viele Studenten, dass man für die Vorlesungen des berühmten Germanistikprofessors Platzkarten lösen musste. Etwa 700 andere studierten auch Germanistik. Mindestens die Hälfte davon waren Frauen. Darunter, dachte ich, müsste auch eine für mich sein. Ich hatte Recht.

Ich werde alt

Ich steige in Gaggenau aus. Eine Dame vom Kulturamt holt mich ab. Ich erkenne sie, bevor sie mich erkannt hat. Fast immer erkenne ich die Leute, die am Bahnhof stehen, um mich abzuholen, sie stehen da wie Fragezeichen. Da ich morgen früh eine Fahrkarte nach Rastatt benötige, werfe ich, bevor wir zum Auto gehen, einen Blick auf den Fahrkartenautomaten. Unter den vielen kleingedruckten Ortsnamen finde ich Rastatt nicht, obwohl ich sorgfältig den Anfang der R-Orte absuche.

»Sehen *Sie* Rastatt?« frage ich die Kulturbeauftragte, und sie sieht es ebenso wenig, schon aus Respekt mir gegenüber.

Ich gehe zum Schalter und verlange eine einfache Karte nach Rastatt, gültig am morgigen Tag. Die könne sie mir nicht geben, sagt die Schalterbeamtin, da müsse ich morgen den Automaten quälen. Sie sagt »quälen«, mit einem rätselhaften, halb ironischen, halb maliziösen Lächeln. Da sei eben Rastatt nicht drauf, sage ich. Rastatt sei schon drauf, sagt sie, aber ich könne auch einfach die Zahl 340 wählen.

»Mach ich«, sag ich, »aber Rastatt ist nicht drauf.«

»Doch, doch«, sagt sie.

Als ich hinzufüge: »Ich bin 60, ich kann lesen«, sagt ein Mann, der auf der Wartebank Zeitung liest: »Ich bin auch 60, kommen Sie, ich zeig's Ihnen.«

Gefolgt von der erstaunten Dame vom Kulturamt gehen wir zum Automaten, und auf den ersten Blick sehe ich unter »R« Rastatt. Warum ich es vorher nicht gesehen habe, kann ich mir nicht erklären.

»Das kostet eine Schokolade«, sagt der Gleichaltrige. Wir gehen zurück in den Schalterraum, wo mein Koffer steht, ich lege diesen auf den Rücken, öffne ihn und ziehe eine kleine Schokolade, die ich im letzten Moment noch eingepackt hatte, heraus. Er wehrt ab, ein Scherz sei das gewesen, aber ich beharre auf der Gabe, und schließlich nimmt er sie, »aus der Schweiz«, sagt er anerkennend.

Zur Schalterbeamtin, die immer noch mit ihrem Mona Lisa-Lächeln hinter der Scheibe sitzt, sage ich, und jetzt bin ich der Gequälte: »Sie hatten Recht, Rastatt steht drauf.«

Sie nickt zufrieden, und der Mann auf der Wartebank isst bereits zufrieden meine Schokolade, als ich mit der Dame vom Kulturamt unzufrieden dem Parkplatz zustrebe.

Ich werde noch älter

Wer das Hotelzimmer betritt, findet gleich links neben der Türe zwei Lichtschalter. Sie haben die Form kleiner Tafeln, die leicht schräg stehen, und werden sie von einer Schräglage in die andere gedrückt, geht das Licht an. Der eine Schalter bedient den Eingang, der andere das eigentliche Zimmer.

Wer das Bad betritt, findet linkerhand dieselben tafelförmigen Lichtschalter, mit denen sich das Badezimmer erleuchten lässt.

Am Morgen suche ich nach dem Duschen vergeblich eine Steckdose für den Haarföhn, der wie in einer Badeanstalt fest an der Wand installiert ist. Ein Kabel mit einem Stecker hängt zwar einladend herunter, aber die Steckdose für allfällige Rasierapparate ist bösartig weit davon entfernt, keine Chance, ihn mit dem kurzen Kabel zu erreichen. Ich trockne mir die Haare mit dem Badetuch.

Später, beim Auschecken an der Rezeption, sage ich, nach Bestätigung meiner grundsätzlichen Zufriedenheit, einzig der Haarföhn sei ein leeres Versprechen gewesen, und erwähne das zu kurze Kabel.

Aber gleich darunter sei doch über dem Lichtschalter der Deckel für die Steckdose, sagt die Dame freundlich mitfühlend, so wie man einem Schüler die richtige Lösung einer Hausaufgabe erklärt.

Rückblickend fällt mir ein, dass es im Bad nur eine einzige Lichtquelle gab, die also auch nur mit einem einzigen Schalter zu bedienen war. Ich hatte mich von der Analogie der Schalteranordnung im Zimmer zur Nichtüberprüfung der vorhandenen Möglichkeiten verleiten lassen und war auch bereit anzunehmen, dass mir die Einrichtungen dieses Hotels ohnehin feindlich gesinnt waren.

Gelähmte Neugier, Unwillen, sich am Unbekannten zu messen, erwartete Demütigung durch mir fremde Installationen, und zuletzt wenigstens Recht haben wollen – Alarmsignale, sage ich mir, lauter Alarmsignale, als ich meinen Koffer zum Bahnhof ziehe und am Automaten die Zahl 340 eintippe.

Lebenslauf

Auf der Straße traf ich einen Nachbarn, den ich länger nicht gesehen hatte, und fragte ihn, wie es ihm gehe. Er hatte ein Leben lang als Mechaniker bei ABB in Oerlikon gearbeitet, bis der Betrieb stillgelegt wurde. Dann musste er zuerst ins Werk Pratteln, bei Basel, und als es auch dort eng wurde, bot man ihm eine Stelle in Mannheim an. Er spricht italienisch und schweizerdeutsch und ertrug das Leben als Wochenaufenthalter unter fremden Kollegen mit einer fremden Sprache nicht, wurde schließlich krank, und ist jetzt zusammen mit jugendlichen Arbeitslosen in einem Beschäftigungsprogramm beim Demontieren von elektrischen und elektronischen Geräten.

»Früher«, sagte er mir, »war ich in der Konstruktion, heute bin ich in der Dekonstruktion.«

Der Vater meiner Mutter

Er hatte als Kind seine Eltern verloren und erlebte eine geradezu Gotthelf'sche Jugendzeit als schlecht behandelter Verdingbub, hatte es aber geschafft, das Technikum zu absolvieren, um danach den Beruf eines Fernmeldetechnikers auszuüben. Er heiratete eine Frau, die ebenfalls als Waisenkind aufgewachsen war, es kamen vier Kinder zur Welt, und als sich das nun alles wohl angelassen hatte, hat sich mein Großvater offenbar eines heimlichen Credos erinnert. Dieses Credo, das er sich durch die harten Zeiten seines Lebens hindurch bewahrte, muss so etwas wie der Glaube an das Schöne gewesen sein, denn mein Großvater beschloss mit 41 Jahren, Cello spielen zu lernen.

Wie tat er das? Borgte er sich ein Cello? Ging er zu einem Cellolehrer? Nein, er ging zu einem Geigenbauer und bestellte sich bei ihm ein Cello. Erst, als er das Instrument hatte – und es konnte nicht billig gewesen sein, denn Herr Meinel aus Liestal hatte einen guten Namen –, suchte er einen Cellolehrer auf. Der sagte ihm aber nach der zweiten oder dritten Stunde, es habe keinen Zweck, denn seine Finger seien zu klein für die Griffe, die das Cello verlange.

An dieser Stelle seiner Erzählung pflegte mir mein Großvater seine linke Hand hinzuhalten und den kleinen Finger etwas abzuspreizen, was ihm eben kaum gelang.

Und so stellte er das Instrument zur Seite und ging in einen Mandolinenclub, dort war es bestimmt auch lustiger als in der Cellostunde, und die Griffe waren weniger groß. Das Cello aber musste er noch jahrelang abzahlen, erst vor kurzem habe ich in einer Familienschublade das Bündelchen Quittungen mit den monatlichen Ratenzahlungen gefunden. Seinen Töchtern ließ er Privatunterricht in Geige und Klavier geben – meine Mutter war ein Leben lang eine gute Geigerin – aber sein Sohn interessierte sich nicht für das Cello.

Und schon kam die nächste Generation.

Mein älterer Bruder lernte auch Geige, und als mich meine Eltern fragten, welches Instrument ich lernen wolle, wir hätten ein Klavier und ein Cello im Haus, sagte ich als 10-jähriger ohne zu zögern: Cello. Ich begann auf einem Dreiviertel-Instrument, aber schon bald waren meine Hände samt meinem kleinen Finger groß genug, dass ich auf das Cello meines Großvaters wechseln konnte, und auf diesem Cello spiele ich noch heute, und wenn ich meine Chansons singe, begleite ich mich darauf.

Ohne den hartnäckigen Glauben meines Großvaters an das Schöne hätte sein Instrument in unserer Familie nicht auf mich gewartet, und vielleicht konnte erst ich sein Credo verwirklichen, zwei Generationen später, auch ich hartnäckig genug, um an *meinem* Credo festzuhalten: Das, was du gut findest, musst du tun!

Der Vater meines Vaters

Er war Webermeister und kam gegen Ende der Zwanziger-
jahre nach Schönenwerd, wo er eine Stelle bei der Bally
Bandfabrik gefunden hatte. Dort arbeitete er bis zu seiner
Pensionierung, und ich war als Bub öfters bei den Großeltern in Schönenwerd in den Ferien.

Großvater fuhr mit einem Militärvelo zur Arbeit, und
ich erinnere mich sehr gut an das Geräusch des Gartentörchens am Carl Franz Bally-Weg, das er um fünf nach zwölf
aufstieß, an das Knirschen seiner Schritte und dasjenige des
Fahrrades, das er auf dem Kiesweg neben sich herstieß, und
wenn er in die Küche kam, musste das Essen schon auf dem
Tisch stehen, denn die Mittagszeit war knapp. Auch das
Kaffeepulver samt Würfelzucker lag schon in den hohen
Gläsern bereit, und nach dem Essen ließ meine Großmutter,
die etwas bequem war, das Kaffeewasser einfach aus dem
Heißwasserhahn in die Gläser laufen.

Etwa um fünf vor halb eins gingen wir dann alle in die
kleine Stube, der Großvater setzte sich auf das Sofa, nahm
die Brille hervor und las das »Aargauer Tagblatt«, und wenn
das Halb-ein-Uhr-Zeitzeichen auf Radio Beromünster er-
tönte, die kleine helvetische Informationsnationalhymne,
legte er sich auf dem Sofa zurück und hörte sich liegend
die Nachrichten der schweizerischen Depeschenagentur an,
aber spätestens bei Sätzen wie »Der Bundesrat hat in seiner

heutigen Sitzung ...« hörte ich ihn schon regelmäßig atmen, manchmal schnarchte er sogar ein bisschen. Wenn dann um zehn vor eins die Bally-Fabriksirene heulte, als Arbeitsalarm für ganz Schönenwerd, sagte meine Großmutter sanft, aber eindringlich zu ihm: »Vatter, du muesch go schaffe«, und er erhob sich mit einem Seufzer, sagte »Adie mitnand«, setzte sich im Korridor seine Mütze auf, und etwas später hörte ich das Knirschen seiner Schritte und das Geräusch des Gartentörchens.

Er tat mir jedesmal leid, wenn er wieder gehen musste, und als ich später mit dem Wort »Ausbeutung« Bekannt- schaft machte, kam mir immer zuerst mein Großvater in den Sinn. Aber er hatte eine wichtige und große Fähigkeit, nämlich die, sich zu freuen.

Als junger Mann hatte er am Morgen einen Weg von anderthalb Stunden zurückzulegen, bis er in der Fabrik in Säckingen auf der deutschen Seite des Rheins um 7 Uhr morgens seinen Arbeitstag beginnen konnte, und nach Fabrikschluss um 18 Uhr musste er die anderthalb Stunden wieder zurück nach Zuzgen, wo er wohnte. Sie waren einige junge Männer, die diesen Weg über die Grenze machten, und oft hätten sie, erzählte mir mein Großvater, auf dem Weg zusammen gesungen. Er besaß eine wunderschöne Tenorstimme, war in Schönenwerd im Männerchor und im Kirchenchor dabei, und als ich letzthin an einem Musik- geschäft in Bern vorbeikam, trat ich ein und verlangte die Noten des Beethoven-Liedes »Die Himmel rühmen«, das er mir einmal vorgesungen hatte, als ich noch ein Kind war und das ich seither nicht mehr vergessen habe.

12.30 Uhr

Ich habe eine Broccoli-Suppe aufgewärmt, mit etwas Wasser und Weißwein gestreckt, dazu Brot, Käse, Trockenfleisch und Oliven auf den Tisch gestellt, fülle ein Glas mit Apfelsaft und Sodawasser und lasse dazu das Radio laufen, in dem ein italienischer Sänger eine Ballade vorträgt, die mit »Questa è la storia di uno di noi« anfängt.

Als die Musik ausgeblendet wird und das Zeitzeichen ertönt, setze ich mich und nehme Punkt halb eins den ersten Löffel Suppe. Sie schmeckt überraschend gut.

In Frankreich wurden westlich von Genf Hunderte von Truthähnen in einer industriellen Geflügelfarm notgeschlachtet, weil sie mit der asiatischen Vogelgrippe infiziert waren. Präsident Chirac ermahnt mich und die Medien, nicht in Panik zu verfallen. Ich löffle weiter und nehme ein Stück Brot mit etwas Hobelkäse.

Die tote Bodensee-Ente hatte ebenfalls die Vogelgrippe, oder wie die Deutschen sagen, die Geflügelpest. Der badische Umweltminister ermahnt mich, Ruhe zu bewahren, also löffle ich weiter und greife nach dem Hirsch-Salsiz aus dem Safiental.

In Bagdad dauert die Gewaltwelle nach der Zerstörung der goldenen Moschee an. Eine zwölfköpfige schiitische Familie wurde in ihrem Haus überfallen und ermordet, bei weiteren Anschlägen starben acht Menschen.

Ich trinke das halbe Glas meiner Apfelschorle.

In Bangladesh stürzte eine Textilfabrik ein, 16 Frauen fanden den Tod, etwa 50 wurden schwer verletzt.

Meine Suppe ist bald zu Ende, ich steche mit einem Kartoffelgäbelchen eine Bio-Olive an.

Schon vor wenigen Tagen sei in Bangladesh eine Textilfabrik niedergebrannt, erinnert mich der Nachrichtensprecher, etwa 60 Arbeiterinnen seien dabei umgekommen, weil die Fenster vergittert und die Ausgänge verschlossen gewesen seien, damit niemand von den Angestellten Kleider mitlaufen lassen konnte. Die meisten Kleider seien für den Export bestimmt.

Ich esse die Suppe zu Ende, nehme noch eine Olive und das letzte Scheibchen Hirsch.

Das Wetter heute und morgen, trüb und kalt, unter der Nebeldecke keine Chance auf Sonne.

Ich räume mein Geschirr ab und esse im Stehen den Rest Hobelkäse.

Stau auf folgenden Strassen.

Froh, informiert zu sein, schalte ich das Radio aus, ziehe Schuhe und Mantel an und verlasse das Haus.

Herbsttag

Hoch oben am Südhang eines Tessiner Tals sitzt ein ergrauter Mann mit einem zehnjährigen Mädchen bei einer Quelle im Gras. Die Röhre, welche sonst in ein Emailbecken mündet, in dem stets ein flacher Granitstein eine Bierdose beschwert, hat der Mann in die Öffnung seines Kunststoffkanisters gesteckt. Ein dünner Wasserstrahl plätschert hinein, und der Mann und das Mädchen schauen zu, wie sich der Behälter langsam füllt. Vor ein paar Jahren hat ein Nachbar diese Röhre in den Boden getrieben und damit das wunderbar kühle Wasser gefasst. Das Mädchen ist zum ersten Mal hier und schlägt einen Namen für diesen Ort vor: »Quelle, die den Durst löscht.« Der Ergraute, den wir Großvater nennen können, ist einverstanden.

Weit unten glänzt silbern das Restwasser des Flusses, der dem Tal den Namen gegeben hat. Weit oben hinterlässt ein Flugzeug zwei Kondensstreifen.

»Wohin fliegt es?« fragt das Mädchen.

»Nach Rom«, sagt der Großvater, »oder weiter.«

»Helikopter sind auch Flugzeuge«, sagt das Mädchen.

»Sie fliegen, aber eigentlich nennt man sie nicht Flugzeuge.«

»Doch«, sagt das Mädchen, »Helikopter gehören zu den Flugzeugen, so wie Orangen und Äpfel zu den Früchten gehören.«

Der Großvater hält den Kanister etwas steiler, damit sich dieser ganz mit Wasser füllen kann.

»Meinetwegen«, sagt er, »es ist richtig gedacht.«

»Es ist nicht nur richtig gedacht, es *ist* richtig«, sagt das Mädchen, das wir Enkelin nennen können.

»Also gut«, antwortet der Großvater, »es ist bloß so: wenn du Flugzeug sagst, denkt kein Mensch an Helikopter.«

»Ja, aber wenn ich Frucht sage, denkt auch kein Mensch an Orange«, fährt das Mädchen fort. »Haben wir noch Äpfel?«

»Ja«, sagt der Großvater, »in der Hütte.«

Er zieht den vollen Kanister unter der Röhre hervor und schraubt den Deckel zu. Dann steckt er ihn in ein Babytraggestell, schwingt sich dieses auf den Rücken, und zusammen steigen sie die kurze Strecke zu ihrer Alphütte hinauf.

Die Enkelin liest unterwegs Kastanien auf und steckt sie in eine Plastiktüte. Der Großvater ermahnt sie, nur solche zu nehmen, die ganz aus der Schale gesprungen sind, sonst zersteche sie sich die Finger. Als die Enkelin »Au!« ruft und der Großvater »Hab ich dir's nicht gesagt?« sagt, meint sie: »Ja, aber so groß wie die war keine!«

Später sitzt die Frau mit den weißen Haaren mit dem Mädchen auf einer Wiese vor der Hütte und erzählt ihm das Märchen vom Zwerg Nase.

Der Mann sägt einen Kastanienbaum um, der direkt neben der Hütte emporgewachsen ist. Im Falle eines Waldbrandes, das weiß er, würde dieser Baum die Hütte gefährden.

»Hast du dich beim Baum entschuldigt?« hat ihn seine Frau gefragt, und da hat er ihn gerühmt für den Schatten, den er warf, und ihm erklärt, warum er hier nicht bleiben könne. Dann sägt er ihn in drei Malen ab. Erstaunlich hoch ist er gewachsen, erstaunlich stark ist das Knarren, als sich das obere Stück neigt, und erschreckend laut sein Krachen, als er zu Boden stürzt.

Der Mann kocht eine Suppe aus Brennnesseln, welche er mit Handschuhen gepflückt hat. Die Enkelin wundert sich, dass es sie im Mund nicht brennt.

Sie sitzen im Freien am Tisch unter dem mächtigen alten Kastanienbaum. Ab und zu fällt eine Kastanie herunter und prallt mit einem lauten Geräusch auf dem Boden auf. Als plötzlich eine Kastanie den Großvater an der Schulter trifft, erschrickt er, während die Frau und das Mädchen in ein fröhliches Gelächter ausbrechen.

»Wartet nur«, sagt der Großvater, aber es passiert nichts mehr.

Am Nachmittag baut die Frau mit den weißen Haaren, die wir auch Großmutter nennen können, mit dem Mädchen zusammen ein Hotel für Zwerge, im verwitterten Wurzelstock eines mindestens hundertjährigen Kastanienbaums. Aus kleinen Granitsteinchen werden Stufen gebaut, die zu verschiedenen, mit Farn ausgelegten Gemächern führen. Für ärmere Zwerge gibt es Zimmer mit runden Käseschachteln, dort können sie alle zusammen schlafen, für reiche Zwerge gibt es Zimmer mit Streichholzschachteln als Einzelbetten. Gewisse, besonders exklusive Zimmer sind nur mit kleinen Strickleitern erreichbar.

Gegen Abend brät der Großvater Kastanien auf einem Rost über dem offenen Feuer, und zum Nachtessen kocht die Großmutter Nudeln mit Gemüse. Der Tisch wird mit vier Kerzen erhellt.

Danach setzen sie sich zu dritt auf die Wiese neben der Hütte. Es ist dunkel, die ersten Sterne blinken am Himmel auf, die roten Positionslichter eines Flugzeugs sind unterwegs nach Rom. Der Mann und die Frau singen dem Mädchen zuerst »Abendstille überall«, und danach »Der Mond ist aufgegangen.«

Dann kriechen sie in ihre Schlafsäcke und hören beim Einschlafen den klagenden Ruf des Nachtkauzes. Manchmal erschrecken sie, wenn draußen eine Kastanie herunterfällt und auf dem Laubboden noch zwei, drei Sprünge talwärts macht, so dass man das Gefühl hat, es gehe jemand ums Haus herum. Aber es dauert nicht lange, und sie schlafen alle drei.

Drei Wörter

Es ist unglaublich, was ein Mensch im Laufe seines Lebens alles lernen muss, gehen, greifen, hören, sehen, die Schuhe binden, die Kleider anziehen, die Kleider ausziehen, sich schneuzen, sich waschen, sich kämmen, Türen öffnen, Türen schließen, sprechen, singen, zeichnen, die Zähne putzen, den Mund spülen, lesen, rechnen, schreiben, ja sagen, nein sagen, ein Hemd zuknöpfen, den Hintern putzen, schwimmen, klettern, sich verstecken, Knöpfe drücken, Tasten drücken, Dreiradfahren, Velofahren, Zugfahren, Billette entwerten, Geldstücke in Automaten werfen, Tramfahren, Busfahren, Fahrpläne lesen, nach dem Weg fragen, um einen Gefallen bitten, danke sagen, Telefonnummern einstellen, Telefonnummern nachschauen, durch die Finger pfeifen, Blockflöte spielen, Trompete blasen, mit den Fingern trommeln, sich gedulden, sich beeilen, ein Feuer machen, einen Korken ziehen, einen Kronenverschluss öffnen, ein Bier einschenken, eine PET-Flasche flachdrücken, küssen, lieben, verhüten, erzeugen, gebären, erziehen, günstige Angebote von ungünstigen unterscheiden, Zinsen berechnen, Kleingedrucktes studieren, Bewerbungen schreiben, mit Gebrauchsanweisungen klarkommen, Wegleitungen verstehen, die Wut unterdrücken, die Tränen zurückhalten, das Spezielle mit speziellen Wörtern versehen, Knebelgriff, Wachflamme, Klappventil, Bundweite, Schrittlänge, Steppnaht, crescendo, mezzoforte, pianissimo, und zuletzt, ganz zuletzt, wenn das Leben von ihm Abschied nimmt, kann er nichts mehr von alledem, und er liegt nur noch da und atmet tief und flüstert: »Müed.«

Und ein anderes Mal, fast unhörbar: »Weh.«

Und wenn du ihm zusprichst und ihn trösten und ermutigen willst, haucht er: »Jo.«

Und mehr als diese drei Wörter braucht er nicht mehr, um diese Welt und alles, was er in ihr gelernt und gemacht hat, zu verlassen.

Sonntagsspaziergang

Eine Schweizerin, seit kurzem verwitwet, machte sich an einem Sonntag mit ihren zwei Hunden und einem dritten, den sie zur Pflege hatte, zu einer Wanderung am Hallwilersee auf.

Sie hatte zwei Würste mitgenommen, die sie irgendwo braten wollte, fühlte sich dann aber nicht in der Lage, ein Feuer zu entfachen. Also nahm sie sich ein Herz und fragte das erste Paar, das sie in einem Garten grillieren sah, ob sie vielleicht ihre beiden Würste auch aufs Feuer legen dürfe. Oh, sagten die, leider käme gleich noch jemand. Bei den nächsten hatten die Kinder Angst vor Hunden, und bei den dritten war schlicht kein Platz auf dem Grill mehr.

Als sie bei einer offenen Feuerstelle vorbeikam, ging es ihr mit der ersten Familie nicht anders, erst als sie sich an das Ende eines Tisches setzte, an dem eine größere Gruppe tafelte, übernahm es auf ihre Frage hin sofort einer der Männer, die Würste zu braten und sie ihr nachher auf einem Teller zu servieren.

Nachdem sie gegessen und sich bedankt hatte, spazierte sie weiter, kehrte dann um, und als sie wieder an der Feuerstelle vorbeikam, winkten ihr die Leute am Tisch zu, riefen, sie hätten jetzt eine Suppe gemacht, die sie unbedingt probieren müsse, was sie denn auch mit Freude und Genuss tat, und als Abschluss erhielt sie ein großes Stück Rübentorte.

Sie ging mit dem Gefühl nach Hause, wieder einmal einen schönen Sonntag verbracht zu haben. Bestimmt ist es ein Zufall, aber die Menschen, die sie abgewiesen hatten, waren alles Schweizer, und bestimmt ist es ein Zufall, dass die, die sie eingeladen hatten, aus Polen und Kroatien kamen.

London 1

Ich bin bei einem Schweizer zu Gast, der mit einer Jamaika-nerin verheiratet ist.

Es klingelt in ihrer Apartment-Wohnung, und der Kurier eines chinesischen Restaurants steht vor der Türe. Ein Irrtum – meine Gastgeber haben nichts bestellt, aber da sie gerade kochen wollten, werfen sie einen Blick auf die in Alu-Schachteln gebetteten Nudelgerichte, die zusammen mit Pommes-Frites und Coca-Cola geliefert werden und fragen den jungen Mann, ob es denn ein gutes chinesisches Restaurant sei. Dieser, ein Spanier, zuckt die Achseln und sagt, only English people go there.

Profitierangebot

Fisch, Pasteten, Saucenbeutel, Brätkügeli, Nudeln – ich nehme eines nach dem andern aus dem Auffangfach, in das es nach dem Eintippen des Preises geschoben wurde und verstaue die Waren in meiner Tasche. Die Kassiererin fragt alle Kundinnen und Kunden, ob sie beim Profitierangebot mitmachen wollen, 8-mal einkaufen bis Ende Monat, und zwar für mindestens 35 Franken, dafür einen Stempel auf die Karte kriegen, und beim 9. Einkauf gibt's 10 % Rabatt. Wenn sich jemand dafür entscheidet, die Karte mitzunehmen, stempelt sie diese ab mit dem fröhlichen Satz: »Sehen Sie, jetzt haben Sie schon den ersten Stempel!«, und auch ich nehme eine mit, obwohl ich sicher bin, dass ich sie nicht brauche.

Hinter mir aber reagiert die nächste Kundin ganz anders. Es ist eine runzlige kleine Frau in einem dicken schwarzen Mantel, die als Antwort ein Bündelchen Gutscheine auf den Tresen legt, jene Gutscheine, die man zusammen mit dem 5 Fr.-Bon für die Cumulus-Karte zugeschickt bekommt. Es stehen beträchtliche, vielversprechende Beträge darauf, aber sie sind zweckgebunden, also 50 Franken beim Kauf eines kompletten Schlagbohrsets oder 125 Franken beim Kauf einer Hollywoodschaukel.

Die Kassiererin erklärt der alten Frau, dass sie die Gutscheine nur bei den entsprechenden Käufen in der entsprechenden Filiale einlösen kann und schiebt sie wieder zurück, die Frau starrt einen Moment darauf und schiebt sie dann entschlossen wieder der Verkäuferin zu, welche nochmals zur selben Erklärung ausholt. Vergebens, denn ihre Freundlichkeit prallt am Weiblein im dicken schwarzen Mantel ab, das offensichtlich keiner hiesigen Sprache mächtig ist, wer weiß, welches Idiom ihr vertraut ist, das Kurdische, das Georgische oder das Kasachische, aber die Zahlen kann sie lesen, und die Zahlen verprechen ihr, dass sie etwas zugut hat, deshalb schiebt sie das ganze Gutscheinangebot erneut über die kleine Wechselgeldmulde zur Kassiererin hinüber und schaut sie durchdringend an. Ist sie hier im gelobten Land oder nicht? Sie ist es nicht. Die Verkäuferin sagt nochmals dasselbe, lauter und langsamer diesmal, greift sich die Cumulus-Karte des Weibchens aus den Gutscheinen heraus, lässt diese über den Scanner gleiten, welcher sie piepsend quittiert, und händigt sie ihrer Kundin wieder aus, welche sie schließlich ebenso verständnislos wie klaglos in ihr Täschchen steckt, zusammen mit all den leeren Versprechungen. Lug und Trug, sie hat es geahnt, sind diese Zahlen, sie sind für andere, wie alles hier, für andere, aber nicht für sie, deren Augen den Blick in Steppen oder in unendliche Hochebenen gewohnt sind, die weit hinter der Kasse und der Verkäuferin und diesem Einkaufszentrum liegen, in dem man ihr nichts vom reichen Segen zugestehen will, der ihr nach einem entbehrungsreichen Leben zusteht.

Verzweifelte Blicke

Ein alter Homosexueller am Hauptbahnhof, mit offenem Hemd, ein goldenes Kettchen auf der nackten Brust, glänzend schwarz gefärbte Haare, üppige Fingerringe an beiden Händen – seine Lebenszeit läuft ab, und seine Wünsche sind nicht mehr zu stillen.

London 2

Richmond, Endstation der District-Line-U-Bahn. Ein Zug kommt an, ich steige ein, und mit mir das Reinigungsteam, das sich über verschiedene Waggons verteilt. Eine stämmige dunkle Frau ergreift mit einer Zange PET-Flaschen, Alu-Dosen, Metro-Zeitungen, McDonald's-Schachteln und Hot-Food-Tüten und steckt sie in den Abfallsack, den sie mit sich schleift. Hinter ihr her trippeln drei Tauben und besorgen die Feinreinigung, sie picken die kleinen Essensreste auf dem Fußbodenrost auf. Zwei von ihnen verlassen den Wagen mit der Frau, die dritte macht, kurz bevor sich die Türen schließen, rechtsumkehrt und nimmt sich nochmals sorgfältig alles vor, was sie beim ersten Durchgang übersehen hat.

Als der Zug anfährt, gerät sie nicht in Panik, sondern beendet ihre Picktour mit großer Ruhe, und als sich die Türen in Kew Gardens wieder öffnen, hüpft sie leichtfüßig auf den Bahnsteig hinaus und bleibt dort stehen.

Wahrscheinlich nimmt sie den nächsten Zug zurück.

Die Nachricht vom Kellner

Kürzlich, als ich auf dem Bahnhof von Bonn auf meinen Zug wartete, stürzte sich ein Kellner aus dem Bahnhofsrestaurant, schaute sich hastig nach allen Seiten um und rannte dann zwischen Reisenden, Koffern und Gepäckkulis durch, bis er eine Frau mit einem Rucksack eingeholt hatte, die ein Kind an der Hand führte.

Der Kellner drückte dem Kind den Stoffseehund, den er bei sich trug, in den Arm und ging nachher wieder ins Restaurant hinein, langsamer, als er herausgekommen war.

Als ich am selben Abend im Radio die Meldungen über Finanzkrisen, Selbstmordattentate und Armee-Einsätze gegen Demonstrationen hörte, merkte ich plötzlich, wie sehr ich die Nachricht vom Kellner vermisste, der dem Kind seinen vergessenen Stoffseehund zurückgebracht hatte.

Transkanada

Der Zug durchpflügt die Sümpfe Kanadas wie ein Schnellboot. Verdorrte Fichtenstämme ragen aus abgestandenem Wasser, Birken krümmen sich, als habe sie das metallische Hupen des Zuges erschreckt. Ahornbäume schwenken kleine kanadische Fähnchen und verkünden das Ende des Sommers. Auf einmal eine Lichtung voller Autoreifen, als liege hier ein Truckerhäuptling begraben.

Eigentlich müssten links und rechts des Zuges Wasserfontänen aufschießen, oder Staubwolken, wenn er durch die Äcker prescht. Das unablässige Hupen der Lokomotive klingt verzweifelt, so, als seien *wir* bedroht, die Passagiere, die als nicht zu bremsende Masse durch die Landschaft jagen.

Verwelkte Maisfelder, abgeerntete Niederstammkulturen, da stehen lauter Veteranen herum und wissen nichts mehr mit sich anzufangen.

Telefonleitungen begleiten die Geleise, leicht schief, ich bin nicht sicher, ob durch diese Drähte noch Gespräche geführt werden.

Braune Klumpen sind von einer Mähmaschine gebündelt und zurückgelassen worden, sie sehen aus wie weidende Bären. Gleich werden sie schwerfällig und doch behende die Flucht ergreifen. Die Kirchtürme, die am Horizont auftauchen, erweisen sich als Futtersilos von Farmen.

Auf einmal marschieren riesige Strommasten in Zweier-kolonnen neben uns her und versperren mit den Türmen von Zementwerken den Himmel, und ganz überraschend sind die Fenster der einen Seite voll See, aber auf der andern Seite gesellt sich eine Autobahn zum Zug, befahren von sich überholenden Autos und Lastwagen, auf welchen wiederum Autos transportiert werden, man fragt sich, mit welchem Zaubertrick die leeren Ebenen so viele Menschen aufbringen, die einen werden von der großen Stadt, die irgendwo vor uns liegen muss, ausgestoßen, und die andern werden, wie wir im Zug, unaufhaltsam in sie hineingesogen, und ich hoffe, dass sich am Ende der Bahnhofshalle ein Fangnetz befindet, wie auf einem Flugzeugträger, stark genug, um den Aufprall eines entfesselten kanadischen Sumpf-kreuzers abzufedern.

Das Ende eines ganz normalen Tages

Gestern Nachmittag habe ich meine Schwiegermutter ins Kino eingeladen. »Dr. Dolittle 2«, mit Eddie Murphy in der Hauptrolle, ein amerikanischer Film, in dem am Schluss alles gut ausgeht, zuletzt ist der Wald dank Dr. Dolittles Hilfe gerettet, die Guten triumphieren mit den Tieren, und die Bösen werden gedemütigt.

Als ich sie im Bus zurück nach Zollikon begleite, läuft das Radio, gerade laut genug, dass ich verstehe, es müsse sich in Amerika eine Katastrophe abgespielt haben, aber nicht laut genug, dass ich verstehe, welcher Art sie war. Ich höre das Wort »erschüttert«, und es ist mir, als habe der Korrespondent von sich selbst gesprochen.

Auf dem Heimweg sehe ich, dass die Zeit noch reicht, um bei meinem Weinhändler vorbeizugehen und ein paar Flaschen zu bestellen, etwas, das ich schon lange vorhatte. Hinter seiner Theke läuft ein kleiner Fernsehapparat, auf dem unser Außenminister zu sehen ist, in vorgebeugter Haltung, eine Erklärung verlesend, aber der Ton ist abgedreht. Ich ahne, dass es etwas mit der Katastrophe in Amerika zu tun hat, frage aber den Weinhändler nicht nach dem Grund, und er sagt auch von sich aus nichts, wir sprechen nur über die Bestellung, und dann gehe ich nach Hause. Etwas muss passiert sein, da ich durch den Kinobesuch mit meiner Steuererklärung in Rückstand geraten bin, die ich eigentlich heute zu Ende bringen wollte, widerstehe ich der Versuchung, Radio oder Fernseher einzuschalten, und gehe ins Arbeitszimmer, will aber um halb acht pünktlich aufhören, um die »Tagesschau« zu sehen. Wenn es etwas Schlimmes ist, erfahre ich es noch früh genug.

Und dann diese Bilder.

Sie sind offensichtlich echt, es ist offensichtlich wahr, es ist offensichtlich kein Hollywood-Film, es wurden keine Miniaturen des World Trade Centers nachgebaut, in die dann ein Flugzeugmodell prallte, und die Menschen, die vor der Staubwolke des einstürzenden Turmes flüchten, rennen nicht in einem Studio vor einer Großprojektion davon, sondern sie rennen wirklich um ihr Leben, und hinter ihnen sacken wirklich die Hochhäuser in sich zusammen, welche lange Zeit die höchsten der Welt waren. Und die Flugzeuge, die mit der Zielgenauigkeit eines Computerspiels in die Türme krachten, waren keine Bomber mit Kamikazepiloten am Steuerknüppel, sondern entführte Passagierflugzeuge mit Menschen, die von Boston nach San Francisco fliegen wollten oder von Washington nach Dallas, Passagierflugzeuge, in denen offensichtlich Piloten die Macht übernommen hatten, die bereit waren, nicht nur andere, sondern auch sich selbst umzubringen.

Während ich dasitze und merke, dass ich zittere, kommt meine Frau nach Hause. Sie ist aus einem Vortrag davongelaufen, als sie in der Pause hörte, das Pentagon brenne, und hat ein Taxi nach Hause genommen.

Zusammen schauen wir die ganze Berichterstattung an, der »Tages-Anzeiger«-Korrespondent ist in einem kurzen Telefongespräch zu hören, er hat größte Mühe, seine Sätze zusammenzukriegen. Auch nachher, als wir auf CNN umschalten, auf die sprach- und sprechgewandten Amerikaner, ist deutlich zu hören: Grammatik und Syntax sind durch die Explosionen erschüttert, die Menschen sind am Rand ihrer Sprache. Eine Wiederholung des Moments, in dem sich das Flugzeug in den zweiten Turm bohrt, macht klar: Der Live-Kommentator hat nicht geglaubt, was er sah, er sagte etwas später, sie *hörten* gerade, das Flugzeug sei in den zweiten Turm gerast.

Hier wird also Krieg geführt, aber man hat ihn ganz woanders erwartet. Kein Schutzschild ist aktiv geworden, kein Abfangjäger ist aufgestiegen, kein James Bond konnte die Vernichtungsmaschinerie in der letzten Sekunde noch aufhalten, der Geheimdienst war offenbar desselben Unglaubens wie wir alle: Das kann doch nicht wahr sein. Und es ist wahr. Vergleiche mit Pearl Harbour fallen, aber nirgends ein Vergleich mit Hiroshima, es muss ein ebenso schöner Morgen gewesen sein damals, an dem die dortige Bevölkerung ebenso ahnungslos zur Arbeit ging.

Wer kann so etwas tun? Wer ist verzweifelt genug, oder, wie es Präsident Bush sagt, evil, böse? Natürlich fließen die Hauptverdachtsströme sofort in den Nahen Osten. Es wäre nicht das erstemal, der düstere Bin Laden hatte das World Trade Center schon einmal im Visier, Archivbilder werden gezeigt, 6 Tote, 1000 Verletzte waren es damals. Heute ist es anders, es muss sich um Tausende von Toten handeln. Schon über 200 Feuerwehrleute werden vermisst, wird im Lauf des Abends gesagt, und wechselnde 10 000er-Zahlen werden genannt, wie viele Menschen sich im Moment der Katastrophe in den beiden Hochhäusern aufgehalten haben könnten.

Man möchte nicht Palästinenser sein heute, und morgen lieber auch nicht, man sieht einen Moment lang einen verwirrten Arafat, der nur stottern kann, wie schockiert er sei, und hinzufügt, unbelievable. Er, der Vater der Flugzeugentführungen, kann auch nicht glauben, was er gesehen hat, und es muss ihm sofort klar geworden sein, dass es für sein Volk nichts Gutes bedeutet.

Und wenn es nun Amerikaner gewesen wären? Wie der Urheber des Attentats auf das Hochhaus in Oklahoma? Anhänger einer Sekte etwa? Kam es da nicht schon zu kollektiven Selbstmorden, sogar in der Schweiz, und alle fragten sich, wie ist so etwas möglich? Wieso haben wir denn nichts gemerkt?

Es ist wohl alles möglich – nichts ist so unwahrscheinlich, dass es nicht passieren kann. Die Ingenieure, welche die beiden Türme gebaut haben, hätten die Aufgabe gehabt, sie sicher genug gegen einen aufprallenden Jumbo-Jet zu machen. Unsere Atomreaktoren, so wurde den Kritikern stets versichert, seien so dicht, dass sie selbst durch den unwahrscheinlichen Absturz eines Jumbos nicht beschädigt würden.

Unser ganzes Lebenssystem kann jeden Augenblick an tausend verschiedenen Stellen angegriffen werden. Noch in keiner Zeit waren die Einrichtungen des Alltags so kompliziert und so verletzlich wie in der unseren. Aber der Grund, warum sie bewusst verletzt werden, ist immer noch derselbe wie in den einfacheren Zeiten: weil auf irgendeine Art Menschen verletzt und gedemütigt wurden.

Meine Frau rief eine Freundin in Amerika an. Diese tat dasselbe wie wir: sie saß wie gelähmt vor dem Fernsehapparat.

Wir gingen schnell in die Küche etwas essen und setzten uns dann wieder vor den Bildschirm, als wisse er Rat oder würde sonst irgendwie zu uns sprechen.

Später, als wir nicht mehr wussten, was sagen und was tun, zündeten wir eine Kerze für die Opfer an und gingen dann zu Bett.

Da ich nicht gleich einschlafen konnte, las ich noch etwas in Stifters »Nachsommer«, einem Buch, in dem gute Menschen Gutes tun und schöne Menschen Schönes schaffen und niemand irgendjemandem etwas zuleide tut.

Genozid

Unser Treppenhaus hat alte, farbige Fenster, vor die wir der Isolation wegen eine zweite, doppelverglaste Fensterfront setzen ließen. Dadurch entstand in jedem Stockwerk ein etwa handbreiter Zwischenraum, der die alten Scheiben von den neuen trennt.

Als mitten im heißen Sommer im Fensterzwischenraum des zweiten Stockes in der Abenddämmerung Hunderte, Tausende von Ameisen herumkrabbeln, hole ich, gleichermaßen von Ekel und Ratlosigkeit erfüllt, eine Bockleiter und den Staubsauger, öffne zwei der inneren Fenster und beginne die Ameisen wegzusaugen, sowohl die großen, geflügelten als auch die kleinen ohne Flügel. Eine Sisyphusarbeit. Danach verspritze ich aus einem Insektenspray eine Ladung nach der andern auf die noch herumeilenden Tiere, die sich kurz zusammenkrümmen und dann liegen bleiben oder von Simsen und Rahmen herunterfallen. Es ist Nacht, als meine Säuberungsarbeit abgeschlossen ist.

Am nächsten Abend jedoch dasselbe Bild, die Fenster schwarz von Ameisen in hektischer Bewegung. Und nochmals dieselbe qualvolle Vernichtung. Es tut mir leid für das Volk von Winzlingen, das ich auslöschen muss, aber ich weiß nicht, was ich sonst tun soll. Eine einzelne Ameise ist bestimmt etwas Schönes, aber ein ganzer Schwarm, der sich anschickt, mein Haus zu erobern, ist eine Plage.

Als tags darauf ein Freund für einige Zeit zu Besuch kommt, steigen wir abends zusammen die Treppe hoch, und da sind sie wieder. Der Vorrat an Ameisenarmeen in den Gemäuern unseres alten Hauses scheint unermesslich zu sein. Entmutigt erzähle ich, was ich bisher unternommen habe. Oder ob er etwas anderes wisse, frage ich meinen Freund.

»Mach doch einfach das äußere Fenster auf«, sagt er, »ich glaube, die wollen raus.«

Ich folge seinem Rat.

Am nächsten Morgen ist an den Scheiben keine einzige Ameise mehr zu sehen.

Beschämt, entschuldige ich mich im Nachhinein bei den beiden ausgemerzten Völkern und frage mich, warum ich, der ich mich für naturnah und lebensfreundlich halte, nicht auf den Gedanken gekommen bin, den Ameisen, bevor ich zu den tödlichen Waffen griff, den Weg ins Freie anzubieten.

Wildnis

Wenn ich aus meiner Haustür trete, stehe ich auf einem kleinen Vorplatz, dessen Bodenbelag nicht mehr ganz kompakt ist. Aus seinen Ritzen sprießen im Sommer kleine Gräser, winziger Klee, ab und zu ein Löwenzahn oder ein Breitwegerich, manchmal sogar Maßliebchen, und der Humusrand, der sich in der Spalte um den Gully verfestigt hat, genügt dem Schöllkraut als Nährboden. Ich betrachte dessen gelbe Blüten, den Schrecken jeder Gärtnerseele, mit Wohlgefallen. Für den ordnenden Rasenkantenscherenästheten ist das Schöllkraut keine Blume, nicht einmal ein Kraut, sondern ein Unkraut, für die Kräuter so schlimm wie ein Unmensch für die Menschen. Die Botanik, welche sich der Pflanzenwelt unparteiisch nähert, hat allerdings eine schmeichelhaftere Gattungsbezeichnung für das Schöllkraut. Sie rechnet es zu den Pionierpflanzen, zu den tapferen also, den entbehrungsreichen, die bereit sind, ein gefahrvolles, ressourcenarmes Leben zu führen, die darin sogar ihre eigentliche Bestimmung finden.

Wenn ich im Herbst das frisch gefallene Birkenlaub von unserer großen Treppe wische, die zur Straße hinunterführt, streift mich gelegentlich ein Hauch von Perfektionismus, und ich kehre mit dem knirschenden Laubrechen auch die Blätter heraus, die sich während eines Sommers in den Ecken zusammengepappt haben. Dann stelle ich mit Erstaunen fest, dass darunter bereits Wohnorte entstanden sind, Pioniersiedlungen für ein genügsames, improvisations-freudiges Gliederfüßlervolk, die Asseln, und wenn ich sie verstört und hastig herumkrabbeln sehe, komme ich mir vor, als hätte ich mit einem Stock mutwillig einen Ameisen-haufen aufgewühlt.

Meistens lasse ich dann das Laub in den Ecken liegen, aus Respekt vor den unentwegten Kleinsquattern, und nehme mir sogar vor, mich über sie und ihre Lebensform kundig zu machen. Das große Buch der Gartenassel muss wohl noch geschrieben werden, aber etwas weiß ich auch so: Die Asseln sind Kundschafter, die im Auftrag der Wildnis unsere Zivilisation ausspähen. Sie können dabei mit der Unterstützung des Schöllkrauts rechnen, aber auch Breit-wegerich, Brombeere und Brennnessel gehören zu ihren Helferinnen.

Das Ziel der Natur, wenn sie denn eines haben sollte, ist nicht das Gepflegte, sondern das Ungepflegte, nicht die Kul-tur, sondern die Wildnis. Ich bin überzeugt, dass sie unsere Eingriffe, Zugriffe, Durchgriffe und Angriffe überleben wird, verwundet zwar, aber letztlich stärker. Ihre Boten sind im Anmarsch. Schon überziehen sich die Betonsäulen mit Flechten und Moos, und aus den Mauerfugen wachsen junge Birken, deren Wurzeln den Asphalt wölben.

Wenn ich eine Wette eingehen müsste, was auf unserer Erde länger leben wird, Schallschutzmauern oder Schöll-kraut, Autobahnen oder Asseln, ich wüsste sofort, wer meine Favoriten sind.

Dramolett

Als die Referentin bei der Suchttagung die Folie mit den Unterrichtsmodulen zur Gesundheitsförderung auf den Hellraumprojektor legte, ließ sich, durch das Licht und die Wärme angezogen, ein Insekt neben der Folie nieder und wurde als zierliche, zartflüglige Vignette der Zeilen

Klassen 12
Streubreite . . . . 2–50 Std.

auf der Leinwand abgebildet.

Nach einer Weile wollte das Insekt weiterkriechen, aber es blieb an der erhitzten Glasplatte kleben, ja die Flügel schienen zu schmelzen, und ich fürchtete um sein Leben. Zum Glück konnte es sich aber wieder lösen, und ich hoffte, es würde nun angesichts der Verbrennungsgefahr davonfliegen. Doch das Insekt verschob sich nur ein kleines bisschen gegen die Zeile mit der Streubreite und gab sich dann wieder der gefährlichen Wirkung der Quecksilberdampflampe hin, die zur Folge hatte, dass es abermals mühsam darum kämpfen musste, wieder freizukommen.

Warum, denke ich, warum sieht es nicht ein, dass es vom heißen Licht betäubt, mehr noch, tödlich bedroht wird?

In dem Moment tauschte die Referentin ihre Unterrichtsmodule mit der farbigen Titelfolie ihres Buches »Auf dem

Weg zur gesundheitsfördernden Schule« aus, welches die ganze Platte bedeckte, so dass ich nicht erkannte, ob sich das Insekt retten konnte oder ob es als Opfer der Suchttagung zermalmt worden war.

Es wird regnen

Die Wolken sind schon lange da und verdecken die Berg-
gipfel. Seit dem Morgen wurden sie über den Kamm getrieben, der das Hochtal auf seiner westlichen Seite begrenzt.
Anfänglich waren sie weiß, dann wurden sie grau, dann
dunkelgrau, sie wurden größer, vom Himmel blieben nur
noch blaue Reste, dann verschwanden auch diese ganz, und
nun quellen schwarze Wolken über hellgraue Nebelteppi-
che, schlagen Purzelbäume in Zeitlupe, eilen einander hin-
terher, um über den Ostrand des Tales zu entweichen und
immer neue nachzuziehen. Was wir jetzt sehen, wenn wir
nach oben blicken, ist nicht mehr der Himmel, denn mit
Himmel bezeichnen wir eine wolkenfreie Bläue, so etwas
wie ein tiefblaues Weltraummeer über unsern Köpfen. Für
die schwarzgrauen Gebilde, die sich nun in einer Höhe von
3000 Metern andauernd verformen, umschichten und neu
gruppieren, haben wir einen anderen Namen: Störung. Ihr
Komplize: der Wind.

Er fährt durch das Tal hinunter und befiehlt allen Pflanzen, sich zu beugen, den Gräsern, den Weidenröschen, den
Brennnesseln, den Schafgarben, den Sauerampfern, den
Margeriten und Butterblumen, den Kerbeln und Disteln,
und alle gehorchen, eifrig bemüht geradezu, und je höher
die Pflanzen, desto tiefer verneigen sie sich, dem Talausgang
zu. Gelassener nimmt es das niedere Volk, die Kleeblumen

in Bodennähe wackeln ein bisschen mit den Köpfen, das soll genügen als Referenz, und der Thymian krallt sich wie immer am Boden fest, duftet und weiß von nichts.

Widerstand kommt von den Zaunpfählen, Strommasten und Häusern, die sich auf keinen Fall verbeugen wollen, der Wind pfeift sie an zur Strafe, heult auf sie ein und prophezeit ihnen Regengüsse, mediterrane, biskayische, britannische, die er in seinem grauschwarzen Treck mit sich führt und nach Belieben über uns entleeren wird – wir sind eingekesselt.

Nun genügt es dem Wind nicht mehr, den Blumen eine Richtung vorzugeben, in welcher sie ihre Halme neigen sollen, er fällt von oben über sie her, dass sie zerstieben möchten wie der Spatzenschwarm aus dem Heustadel nebenan, aber die Erde lässt sie nicht los, so dass sie sich hastig nach allen Seiten verbeugen, sich schütteln und ducken, ratlos, und nun muss eine der schweren Wolken an einen Gratzacken angestossen sein, denn es kracht von weit oben, und wurde nicht ein Funke hinter der Wolkenwand gezündet, und nochmals ein Rumpeln und Poltern, das gar nicht mehr aus dem Talkessel herausfindet, irgendwo an den Kämmen wurde ein atlantischer Seemannssack aufgeschlitzt, auf dem Vorplatz vermehren sich plötzlich dunkle Punkte auf den Granitplatten, und jetzt wissen wir: Es wird regnen.

von Matt liest

Als sich die Türen der Aula öffnen und die ersten Studenten der Vorlesung über das Völkerrecht herauskommen, sind sie in keiner Weise auf den Auflauf im Gang vorbereitet. Zu den Türen herein flutet nämlich, ohne jeden Respekt vor denen, die noch hinaus möchten, ein Volk von Ergrauten, Anständigen, Gepflegten, Mappen- und Handtäschchen-tragenden, welches nun die Stühle des Saales besetzt, bevor sie noch ganz geräumt sind.

Gilt dieser Auflauf tatsächlich E.T.A.Hoffmann, dem Vater der phantastischen Literatur? Nein, er gilt dem Professor der Germanistik, dem Wortmächtigen, dem Spracherheller, dem Zusammenhangsmagier, den nun die Pensionierung eingeholt hat und der heute zum letzten Mal vor seiner Anhängerschaft in der Aula der Universität auftritt.

Die große Leinwand ist heruntergelassen, über den Prokischreiber wird die Nachricht darauf projiziert, dass die Vorlesung auch in den Hörsaal 108 übertragen wird, sogar mit Video, und abwechselnd ermahnen Assistentinnen die Menschen, die bereits keinen Platz mehr haben und die Fluchtwege zu überschwemmen beginnen, doch bitte ins andere Auditorium zu gehen, und nach einer Weile trifft die Botschaft ein, auch das andere Auditorium sei nun voll, und es sei zusätzlich eine Übertragungsmöglichkeit in den Hörsaal 121 geschaffen worden.

Trotzdem ziehen es viele vor, dem Meister stehend zu lauschen, an eine Wand gelehnt oder auf einem Sims sitzend oder, wie vor allem die jungen Leute, die noch wirklich studieren, auf dem Boden hockend. Käme jetzt jemand von der Feuerpolizei, die Veranstaltung fände nicht statt. Aber stattdessen betritt von Matt den Saal, in blauem Jackett und weißem Hemd, aber ohne Krawatte, und wird mit Applaus empfangen, und als er leichten Schrittes die marmorne Pultkanzel ersteigt, seinen Lehrstuhl sozusagen, wird hinter ihm die Leinwand hochgezogen, und es erscheint ein riesiges Fresko, das junge Frauen in togaähnlichen Gewändern zeigt, die sich zusammen mit halbnackten Burschen in einer Waldlichtung versammeln, als hätten auch sie keinen Sitzplatz in der Vorlesung gefunden.

Und wenn nun von Matt zu sprechen anhebt und leicht vorgebeugt ins Mikrofon spricht, wirkt er fast gnomenhaft vor den überlebensgroßen allegorischen Figuren in seinem Rücken, aber er verfügt über eine Schatzkammer, über die Schatzkammer der Literatur, und er klimpert zunächst mit den Schlüsseln, spricht über das Gehen, und dass es in der Literatur immer etwas bedeutet, wie jemand geht, sei es ein Stifterscher Wanderer oder ein Walserscher Spaziergänger oder seien es Gerhard Meiers Baur und Bindschädler, und fragt dann unvermutet, was das mit E. T. A. Hoffmann zu tun habe. Danach springt er das Thema seiner Vorlesung regelrecht an, indem er darauf hinweist, dass die Protagonisten Hoffmanns nie gehen, sondern immer rennen, hüpfen, Haken schlagen, stolpern, herumhühnern. Während er das sagt, fallen mir über den Türen die beiden rennenden grünen Männlein auf dem Notausgangssignet auf.

Und nun lädt uns von Matt zu einem Rundgang durch die Schatzkammer ein, und wenn er die Vorräte darin schildert, ist eine unglaubliche Verheißung in seiner Stimme; Freunde, scheint er uns zuzurufen, da drin gibt's etwas zu holen, wer Augen hat zu sehen, dem werden sie übergehen von all dem Schimmern und Glitzern des menschlichen Geistes, und er erzählt uns, was Herder über den Unterschied des Menschen zum Affen geschrieben hat, wie er den Menschen als den ersten Freigelassenen der Schöpfung bezeichnete, und was Newtons physikalische Erkenntnisse für das menschliche Denken wirklich bedeuteten, und wie auf dem Höhepunkt der endlich gewonnenen Klarheit über das Planetensystem und das Wirken der physikalischen Kräfte, der Entzauberung der Natur somit, auf einmal der phantastische Roman auftaucht, als Gegengewicht, als Nachruf auf das eben Begrabene, als plötzliche Sekunde des Zweifels, und wie in Newtons ausgeleuchtetes Weltbild schwarze Sonnen hineinzuscheinen beginnen, aus dem, was Jean Paul das innere Afrika des Menschen nannte, und wir sitzen, stehen oder kauern und schicken unsere Gedanken ihm nach, wir stützen die Köpfe in die Hände, wir halten den Zeigefinger an die Nasenwurzel, wir drücken die Finger vor die Stirn oder pressen die ganze Stirn in die flache Hand, dass es uns die Frisuren nach hinten sträubt, wir umrahmen die Lippen mit einem Daumen und einem Zeigefinger, wir halten einen Ellbogen mit einem Arm, wir richten unsere Ohrmuscheln mit der Hand nach vorn, damit uns kein Wort entgeht, und wir schreiben Sätze mit, Zitate, Formulierungen, die wir festhalten möchten, auf Papier, das bereits gelocht ist, damit es sofort einem Ordner anvertraut werden kann, auf liniierte und unlinierte A4-Blätter, auf kleine, gehäuselte Notizblöcke, auf die Rückseite von ausgedruckten Zugsverbindungen, denn wir möchten ja etwas mit nach Hause nehmen von der Schatzkammer des menschlichen Geistes, dessen Kustos uns durch seine Brillengläser immer wieder so anschaut, als seien wir persönlich gemeint, denn er meint es gut mit uns, er öffnet uns die Türen, er heißt uns eintreten in das funkelnde Geisteshaus, und wir neigen die Köpfe, noch etwas unentschlossen, in unsern Anzügen, in unsern Deux-Pièces und in unsern T-Shirts, auf denen »Festival« steht oder »Sex Pistols«, und wenn wir nicht alle gleichzeitig eintreten können, dann hören wir doch zu, auch die in Bronze gegossenen Köpfe auf den Marmorkonsolen an den Wänden hören zu, hat nicht sogar Otto Nägeli den Kopf etwas gedreht, als von Matt vom Kapellmeister Hoffmann und seiner Zeichnung des Geigers Kreisler sprach, und hat nicht Lorenz Oken die Augenbrauen angehoben, als von Newton die Rede war, und hat nicht Karl Moser genickt, als von Matt die Metropolen erwähnte und ihre große Bedeutung in der französischen und englischen und ihre geringe Bedeutung in der deutschen Literatur? Die vordersten beiden Konsolen sind noch leer, eine davon sollten wir für ihn reservieren, in der Hoffnung, sie werde noch lange leer bleiben, denn er hat uns alle verzaubert, der Schatzmeister aus der Innerschweiz, der Wortprophet vom Stanserhorn mit seinen literarischen Lockrufen.

Und irgendeinmal, als er von den unwahrscheinlichen Begebenheiten spricht, schaue ich zur Decke und sehe hoch über ihm den dicken, schweren Lautsprecher hängen, und ich bin froh, dass die Newtonschen Gesetze so lange in

Kraft bleiben, bis er am Schluss mit den Worten »Das wär's de gsi« sein Manuskript in die Mappe packt, sich verbeugt, die Hände für den entgegenbrandenden Applaus ausbreitet wie ein Schauspieler und dann federnd die Kanzeltreppen hinabsteigt und den großen Blumenstrauß mitzunehmen vergisst, der die ganze Zeit für ihn auf dem Pult lag und ihn halb verdeckte und den er, ergriffen und gepackt von der Schilderung seiner Schätze, gar nicht gesehen hat.

Gutscheine

Es begann damit, dass ich es eines Tages müde wurde, bei der immer wiederkehrenden Frage der Verkäuferinnen: »Haben Sie eine Supercard?« mit immer wieder andern Formen von Verneinung zu antworten, also kapitulierte ich und schickte einen Anmeldungszettel ein. Der Besitz einer solchen Karte hat zunächst zur Folge, dass der Großverteiler für mich ein Punktekonto eröffnet, das nun langsam wächst, und mit der nötigen Anzahl Punkte kann ich mir aus einem Katalog Dinge bestellen, wie einen Flaschenkühler, ein Set Fitnesshanteln oder einen Tischgrill, und, das ist ein weiterer Vorteil, man wird in die Gutscheinaktionen mit einbezogen.

Da liegt, unbestellt und überraschend, ein Couvert für den Supercardinhaber im Briefkasten, aus dem Glücksangebote flattern, Rabatte noch und noch, 5 Rappen pro Liter beim Tanken, 5 Franken beim Kauf von Obst und Gemüse, 5 Franken beim frühzeitigen Erwerb von großen Osterhasenmengen, 10fache Superpunkte auf einen beliebigen Einkauf oder 15 Franken auf einen Betrag von über 100 Franken usw.

Es ist klar, dass eine optimale Verwertung dieser Rabattpalette eine minutiöse Planung verlangt, umso mehr als die Gutscheine nicht alle gleichzeitig und auch nur zu gestaffelten Zeiten gültig sind. Am einfachsten auszuscheiden ist für den Nichtautomobilisten der Benzingutschein, aber ab dann muss man sich kleine Listen machen, was man zu welcher Zeit einzukaufen gedenkt, um sich möglichst viele der Vergünstigungen zu holen. Im Übrigen war ich von Anfang an entschlossen, nichts Überflüssiges zu kaufen, das den Spareffekt wieder aufheben würde.

Und so stand ich nun mit dem Einkaufswagen und dem Einkaufszettel, den ich an einen Gutschein geheftet hatte, im Super Center, das in unserer Nähe in die Zukunft hinein gebaut wurde, mitten in einen Stadtteil, der erst im Entstehen ist, was dazu führt, dass das überdimensionierte Center, solange der Stadtteil noch nicht gebaut ist, angenehm leer ist und man an der Kasse immer gleich drankommt. Dennoch werden die scheinbar vollen Gestelle ununterbrochen aufgefüllt, für mich ist nie ganz klar, wer das alles braucht und kauft.

Jetzt war ich also einer der wenigen Käufer, und zwar hatte ich mir, da ich über einen Gutschein für 10 % auf alle »Non Food«-Produkte verfügte, ein Zettelchen mit ebensolchen Produkten angelegt, die in unserm Haushalt zu ergänzen waren, also z. B. lange Gläser, für die man den Namen Longdrinkgläser herausgefunden hat, Champagnergläser, weil sie sofort zerbrechen, wenn man einmal kräftig damit anstößt, oder Spritzdeckel, von denen ich gleich zwei bringen sollte, wie mich meine Frau ermahnte – diesen Auftrag nahm ich natürlich angesichts der zu erwartenden 10 % gelassen entgegen. Stabkerzen, Putzmittel, Putzschwämme ohne FCKW, Zahnpasta, naturgerecht hergestellte Watte, wiederverwertetes WC-Papier, die dreiklingigen Rasiermessereinsätze – ich legte eines nach dem andern aufs Rollband und präsentierte der Kassiererin sofort triumphierend meinen 10 %-Gutschein zusammen mit meiner Supercard. Sie scannte einen »Non Food«-Artikel nach dem andern, fuhr auch über den einsamen Halbrahm und das winzige Bauernbrot, rief dazwischen nach einer andern Verkäuferin und sagte mir, diesen Gutschein habe sie noch nie gesehen, sie sei eben neu hier.

Die andere Verkäuferin warf einen kurzen Blick auf meinen Gutschein und sagte dann trocken, der sei nur in der City-Filiale gültig. »Sehen Sie?« sagte Sie zu mir und hielt ihren Zeigefinger unter das Wort »City«.

Ein Blick von mir genügte. Natürlich hatte sie Recht, und ich, der ich mich auf der Kampfbahn des Gutscheinwesens noch nicht auskenne, hatte Unrecht.

»Pfui«, sagte ich scherzhaft, und zu meinem Erstaunen war ich wirklich enttäuscht, wenn nicht gekränkt. Offensichtlich hatte ich mich auf die 10 % gefreut. Mechanisch packte ich alle Artikel, Food und Non Food, in den großen Rucksack auf meinem Einkaufswagen, bezahlte den Betrag von 90.50, und erst dann kam mir die Idee, die mir eigentlich gleich hätte kommen können, wäre ich nicht durch diesen Schlag zunächst wie betäubt gewesen.

»Wenn ich noch etwas dazu kaufe, so dass ich über 100 Franken komme, könnte ich dann *diesen* Gutschein brauchen?« fragte ich und zupfte aus meinem Glücksbündelchen den Bon, der bei einem Einkauf von über 100 Franken ganze 15 Franken Rabatt versprach.

Hilfesuchend schaute sich die Neue nach der Kollegin um, die vorher Bescheid gewusst hatte. Diese stand mit einer andern Verkäuferin an der Nebenkasse und wechselte die

Papierrolle aus. Energisch schüttelte sie den Kopf, nein, das gehe auf keinen Fall, der Kauf sei ja schon abgeschlossen.

Als ich nun nochmals »Pfui!« rief, schaltete sich die zweite Kollegin ein, die offensichtlich eine Vorgesetzte war, kam zu unserer Kasse, schaute mütterlich die Neue und mich an und sagte dann, es gehe schon, aber sie, die Verkäuferin, müsse eine FM schreiben, und ich, der Käufer, müsse wieder zurück und alles nochmals aufs Rollband legen, zusammen mit dem, was ich zusätzlich kaufe.

Ich war einverstanden, drängte mich also mit meinem Wagen an der Kundin hinter mir vorbei, ging dann zum nächsten Gestell, auf dem mir biologisch abbaubare Unterhosen aufgefallen waren, oder naturreine jedenfalls, rechnete die 9.90 zu den 90.50 und erreichte damit die Schallgrenze des Rabatts. Leider gab es die Unterhosen in meiner Größe weder in blau noch in schwarz, nur in giftgrün, aber auf solche Details konnte ich keine Rücksicht nehmen. Während die Kundin hinter mir, eine Japanerin, von den zwei Verkäuferinnen hingehalten wurde, schrieb die Neue unter Anleitung der Vorgesetzten die erste FM ihres Lebens, dann zog ich alle meine Artikel wieder aus dem großen Rucksack und legte sie hinter den Unterhosen aufs Rollband, die Verkäuferin scannte sie nochmals, und zuletzt leuchtete auf dem Display der Endbetrag von 100.40 auf, ich war also als Konsument nahezu die Ideallinie gefahren.

Die Neue machte sich nun mit einem Zettelchen und einem Kugelschreiber ans Ausrechnen der Differenz, die ich noch zu bezahlen hatte, da traf mich der unbestechliche Blick der Vorgesetzten.

»Hatten Sie eine oder zwei Weinflaschen?« fragte sie.

Ich hatte zwei kleine Weißweinflaschen zum Kochen gekauft.

»Zwei«, sagte ich argwöhnisch.

»Da sind zweimal 30 Rappen Depot drauf, das zählt nicht als Kauf. Sie sind erst auf 99.80.«

»Und das genügt nicht?« fragte ich, wohl wissend, dass die Frage überflüssig war. Natürlich genügte es nicht, 100 Franken sind nun einmal 100 Franken, und jetzt gab es kein Zurück mehr, zu tief steckte ich schon in der Rabattfalle drin, ich defilierte also trotzig an der länger werdenden Schlange hinter mir vorbei zum Textilienregal und griff mir noch einen zweiten dieser wirklich abstoßend grünen Slips heraus und legte ihn wie eine Opfergabe vor die Kassiererin. Diese tippte die giftgrünen 9.90 ein und rechnete dann die neu entstandene Differenz aus, die ich zu bezahlen hatte, eine anspruchsvolle Rechnung, 110.30 minus 90.50, das ergab 19.80, weniger 15 Franken Rabatt, macht 4.80. Eigentlich hatte ich also für 4.80 zwei hässliche, wenn auch ökologisch unbedenkliche Unterhosen gekauft, die ich eigentlich gar nicht wollte.

Die Neue bedankte sich bei der Vorgesetzten – das hätte sie nie allein geschafft, sagte sie mit einem zweideutigen Blick auf mich, ich bedankte mich bei den beiden aufopferungswilligen Verkäuferinnen, aber ich brauchte eine Weile, um mich von den Strapazen des errungenen Rabatts zu erholen, und erst zu Hause merkte ich beim Studium meines Quittungsstreifens, dass ich doch noch profitiert hatte: Meine 89 Supercard-Punkte vom durch die FM annullierten Kauf, diese 89 Supercard-Punkte also wurden nicht gelöscht, sondern blieben einfach auf meinem Konto stehen, das sich nun schon der Grenze nähert, wo ich mir einen Kristallelefant kommen lassen kann oder einen Life-hammer, der jede Wagenscheibe durchschlägt und dessen Klinge sogar die Sicherheitsgurte durchschneidet.

Eine mongolische Hochzeit

Am Morgen früh wird zuerst die Jurte für das Brautpaar aufgestellt. Die Bestandteile wurden schon in den Tagen zuvor hergebracht und zwischen die beiden Jurten der Eltern des Bräutigams gelegt.

Die Jurte, das runde Zelt der mongolischen Nomaden, wurde schon zu den Zeiten Dschingis Khans als Wohnung benutzt, und ihre Bauweise hat sich seither nicht verändert.

Die Gitter für die Wände sind aus Weidenholz, sie werden mit Kamelhaarschnüren verbunden, und dann wird in der Mitte der Dachkranz aufgestellt. Er gleicht einem Rad, ist aus Zedernholz und wird von zwei Säulen getragen, aber den eigentlichen Halt geben ihm die Stützstäbe, die in die Löcher des Dachkranzes eingesteckt werden und auf die Gitter zu liegen kommen. Diese etwa 80 Stangen sind aus Lärchenholz, sind orange bemalt, mit Ornamenten in der Nähe des Dachkranzes, und sie werden das Dach über dem Kopf des Brautpaares tragen. In der Mitte des Dachkranzes steckt eine Rundschraube, und daran hängt, knapp über dem Boden, ein Sack mit 50 kg Mehl, ein erstes Hochzeitsgeschenk, das aber auch als Gewicht zur Stabilisierung der Jurte dient. Im Winter wird der Bräutigam vielleicht anstelle des Sackes einen schweren Stein befestigen.

Das Gerippe der Jurte ist nirgends im Boden verankert, es sieht aus, als könne man es mit ein paar kräftigen Fußtritten zum Einsturz bringen, aber es wird allen Herbst- und Winterstürmen trotzen.

Die letzten Bestandteile der neuen Jurte werden erst am Hochzeitsmorgen fertiggestellt, die Türe, die in der Frühe mit oranger Farbe gestrichen wurde, wird nun in den Türrahmen eingepasst, die Männer begutachten das Maß, machen sie auf und zu, geben ihre Meinungen bekannt, klopfen noch mit dem Hammer daran herum, obwohl offensichtlich ist: die Türe passt, und sie schaut, wie alle Jurtentüren, nach Süden.

Eine Frau sitzt mit einer Kurbelnähmaschine Marke Kohler vor der Jurte und näht die blauen Bettüberzüge zusammen, neben ihr schneidet ein Mann mit einer Blechschere aus einem farbigen Stück Blech einen Kranz, den er als Schmuck um das Ofenrohr herum befestigt. Hinter einer der beiden Elternjurten knien verschiedene ältere Frauen und schneiden mit dicken Scheren den Filz zurecht, der die Wände umhüllen und die Stützstangen bedecken wird. Besonders wichtig ist das Stück, welches bei schlechtem Wetter über den Dachkranz gezogen wird, der sonst halb oder ganz geöffnet bleibt. Damit der Filz geschmeidig wird, muss sich ein sorgfältig ausgewählter Verwandter von der Mutterseite der Bräutigamseltern auf den Filz setzen, dann fassen so viele Männer wie möglich an und werfen ihn wie auf einem Sprungtuch dreimal in die Luft. Die Kinder, die dabei zuschauen, kreischen vor Vergnügen und machen nachher dasselbe Spiel mit einem großen Karton.

Nun wird der Ofen hineingestellt, mit einem Korb voll trockenem Kuhmist als Brennstoff, die Kaminrohre werden eingepasst, bunte Stoffbahnen werden an den Faltgittern als

Tapeten aufgehängt, dann werden die Filzwände um die Jurten gelegt und mit Kamelhaarschnüren, die in den letzten Tagen von den schon vorher angereisten Verwandten gezöpfelt wurden, festgebunden, wobei gut darauf geachtet wird, dass kein Spalt zwischen Tür und Filz entsteht, denn durch einen solchen Spalt könnten die bösen Geister hereinschlüpfen. Die Dachfilze werden unter verschiedensten Zurufen und Anweisungen über die Stangen gelegt und festgemacht, auch der Bräutigam packt mit an, ein rotwangiger Jüngling in Jeans und einem gestreiften T-Shirt, die Bodenbeläge und Teppiche werden hineingetragen, zusammen mit einem schmalen, niedrigen Tisch und einigen noch niedrigeren Stühlen sowie zwei Betten, die auch als Sitzgelegenheit benutzt werden können, und irgendeinmal ist es dann soweit: die neue Jurte für das Brautpaar steht.

Ein alter Mann betritt sie als Erster, um, mit einer Gebetsschnur zwischen den Fingern, vor dem Ofen zu beten. Die Kinder rennen aufgeregt hinein und hinaus und werden von den Erwachsenen zurechtgewiesen.

Dann wird die Szene festlicher, einige, die vorher noch in westlichen Kleidern mitgearbeitet haben, so auch der Bräutigam, haben jetzt einen Del angezogen, den langen mongolischen Mantel, der mit einem farbigen Tuch als Gürtel zusammengeschnürt wird, und haben dazu ihre Mützen mit den vergoldeten Spitzen oder ihre Filzhüte aufgesetzt, die Frauen tragen schöne, mit Blumenmustern bedruckte oder mit Goldborten verzierte Gewänder. Die Gäste werden hereingebeten, die ältesten Männer nehmen auf dem Bett gegenüber der Türe Platz, die ältesten Frauen auf dem Bett an der rechten Seite, im Übrigen gilt die Jurtenordnung: die Männer links, die Frauen rechts. Auf dem Tisch sind schon Backwaren mit Bonbons aufgetürmt, daneben liegt ein am Vortag gebratenes Schaf. Der Fettschwanz dieses Schafes wird nun vom Bruder des Bräutigams auf eine Stange gespießt, und während ein älterer Mann mit einer Brille einen Text abliest, welcher die neue Jurte lobt, hält der Bräutigamsbruder den Fettschwanz an die Stellen der Jurte, die gerade gepriesen werden, an den Dachkranz etwa oder an die Tragesäulen oder an die Wände im Westen, Norden und Osten. Danach übergibt er den Fettschwanz einer der Frauen, nicht ohne Mühe, denn in der ganzen Jurte sitzen Gäste am Boden, meist mit gekreuzten Beinen, und er muss aufpassen, dass er mit dem Stangenende niemanden trifft.

Dieses Ritual ist das einzige liturgische Element der ganzen Trauung, und es wird von den Angehörigen ausgeführt, ein Geistlicher ist nicht vonnöten.

Während die Frau den Fettschwanz in kleine Stücke zerschneidet und das erste Stück an die Lieblingsenkelin der Bräutigamseltern verfüttert, beginnt ein Cousin des Bräutigams, Milchschnaps in Trinkschalen abzufüllen und den Gästen zu reichen, meist nehmen sie einen Schluck und geben die Schale zum Auffüllen wieder zurück; aus einer großen chinesischen Vase, die mit Pferden bemalt ist, wird auch Stutenmilch geschöpft und auf die gleiche Art gereicht. Der fremde Besucher, freundlich gewarnt vor der reinigenden Kraft dieses Getränks, nimmt nur einen winzigen Schluck, das hilft ihm aber wenig, denn bald darauf kommt die Schale wieder zu ihm, und als er die vollen Wodka-Gläschen bereitstehen sieht und denkt, eine Kleinigkeit zu essen wäre vielleicht hilfreich, ist das Gefäß mit den Fettschwanzstücken bei ihm angelangt. Mutig greift er sich eins heraus, seine Geschmacksnerven melden ausschließlich Fett, und als er es zerkaut hat, kommt rechtzeitig eines der Wodkagläschen bei ihm an, das er in einem Zug leert.

Die Gesellschaft ist außerordentlich ruhig, es wird kaum gesprochen, obwohl zweifellos Leute darunter sind, die sich lange nicht gesehen haben und bestimmt viel zu erzählen hätten. Einige der Verwandten sind über 1000 km im Auto hergereist zu diesem Tag, der übrigens nicht beliebig ausgewählt wurde, sondern der nach dem Mondkalender und den 12 Jahrestieren und den 8 Elementen als einer der drei bis vier günstigen Hochzeitstage im Monat gilt, einige Tage nach Vollmond, und später ist zu hören, dass es an diesem Tag auch in der Hauptstadt zahlreiche Hochzeiten gab.

Nachbarn treffen ein, manche im Del, manche im Anzug, der jedoch an den Hirten auch festlich wirkt. Nun werden dem Bräutigam Geschenke übergeben, die meisten Gäste werfen ein schönes Tuch über das Hauptseil der Jurte und sagen dazu, was sie schenken, ein Pferd oder fünf Schafe und Ziegen, einige stecken einen oder mehrere Geldscheine in die Plastiktasche, die am Seil befestigt ist.

Dann werden wieder die Schalen und Gläschen herumgereicht, und zur Erleichterung des fremden Besuchers, der mit gekreuzten Beinen am Boden sitzt, auch ein russischer Salat, gefolgt von einer Schüssel mit Schaffleisch, das auf die Art der Nomaden gekocht wurde, nämlich mit heißen Steinen, welche das Wasser in der Kanne zum Kochen bringen. Mit dem Messer, das dabei ist, kann man sich ein Stück von einem Knochen absäbeln und dann die Schüssel weitergeben, zum Glück weiß der fremde Besucher schon, dass das Schulterblatt, welches zuoberst liegt, dasjenige Stück ist, das man mit den Nachbarn teilen muss, also schneidet er das Fleisch in kleine Teile, die er den Männern um ihn herum anbietet, später gibt es eine Nudelsuppe mit Kartoffeln und Lammfleisch, manchmal kommt man zu einer Tasse mit Milchtee. Die kunstvoll geformten Gebäcke bringen auch keine wirkliche Abwechslung, denn sie sind im brodelnden Schafsfett erhitzt worden.

Beim Essen ist es immer noch ruhig, und ruhig bleibt es auch weiterhin. Schließlich fehlt noch jemand, der für eine Hochzeit nicht ganz unwesentlich ist, nämlich die Braut.

Nach der Fettschwanzzeremonie ist der Bruder des Bräutigams mit einem Verwandten der Mutterseite, demselben, der auf dem Filz hochgeworfen worden war, sowie einer Frau, welche die Frau eines Verwandten der Eltern des Bräutigams sein muss, mit dem Auto zur Jurte der Brauteltern gefahren, um die Braut abzuholen. Wichtig ist bei der Auswahl des zweiten Mannes, dass das Tier, welches das Jahr seiner Geburt bestimmte, dem Jahrestier der Braut freundlich gesinnt ist, die Braut hat das Schaf als Jahrestier, der ausgewählte Verwandte den Hasen, und die zwei Tiere sind sich gut, da sollte also nichts passieren.

In der Jurte der Braut, so hört der fremde Besucher, überbringt die Abholgruppe der ganzen Familie der Braut Geschenke zum Trost dafür, dass sie ihr, wie sie sagen, eine Wurzel ausreißen, nämlich ihre Tochter, die Familie offeriert ihrerseits Milchschnaps, Stutenmilch und Wodka sowie verschiedene der Speisen, die auch in der Bräutigamsjurte gegessen wurden, und der Mittag ist längst vorbei, als die Braut mit ihrem Abholtrupp vor der Jurte des Bräutigams eintrifft, die bald auch ihre eigene ist.

Alle Gäste haben nun die Jurte zu verlassen, denn die Braut muss mit Hilfe zweier Tanten, die sie begleiten, ihr Kleid ausziehen und dafür das Brautkleid, das die Eltern des Bräutigams für sie bereit gemacht haben, anziehen. Kichernd versuchen die Kinder, die Türe einen Spalt zu öffnen, was aber von den Müttern nicht zugelassen wird.

Schön sieht sie aus, als sie herauskommt, in einem schlichten himmelblauen Gewand mit grünem Gürtel und einer Mütze, von der eine lange rote Kordel herunterhängt, etwas blass ist sie, während der Bräutigam immer rotwangiger wird. Erstmals darf sie die Jurte mit ihrem Bräutigam betreten, gefolgt von der ganzen Hochzeitsgesellschaft, sie setzt sich dorthin, wo vorher die alten Männer saßen, und es zirkulieren sofort wieder Speisen und Getränke, der fremde Besucher versucht einmal mit erhobenem Wodka-gläschen, einen Milchschnaps abzulehnen, was auf großes Befremden stößt, er merkt es sich und nimmt vom nächsten wieder einen kräftigen Schluck, auch wenn seine Magensäfte schon hörbar protestieren.

Braut und Bräutigam sitzen in einer Art Schockstarre da, sagen nichts zueinander und nichts zu den andern, auch jetzt belebt sich das Gespräch unter den Gästen nicht, alle schauen immer wieder zum Brautpaar. Die Braut wird von ihren zwei Tanten flankiert, die aber auch nicht gesprächiger sind. Ihre Verwandten treffen nun in der Jurte ein, darunter sind zwei alte Frauen mit erlesenem Schmuck sowie einige eher städtisch wirkende Menschen, vor allem eine junge Frau in Plateau-Schuhen und einem Ethno-Jäckchen erschrickt zu Tode, als sie nach rechts auf die Frauenseite muss und ihr Freund nach links zu den Männern.

Die Verwandten des Bräutigams beginnen Lieder vorzutragen; wenn es bekannte sind, stimmen die andern mit ein, sonst lässt man den Sänger mit seinen vielen Strophen allein.

Dann antwortet die Verwandtschaft der Frau mit einem Lied. Die meisten Lieder preisen die Mütter, die Pferde und die Schönheit der Mongolei und ihrer Frauen. Manchmal singen auch die fremden Besucher eins, aber auch das vermag das Brautpaar nicht aufzuheitern. Es gelte, wird später erklärt, als unfein, wenn sich die Brautleute zu ausgelassen gäben. Allerdings scheinen sie diese Regel ziemlich streng auszulegen.

Der Besucher probiert sich auch vorzustellen, wie es einer Braut in Olten oder Aarau zumute wäre, wenn sie in ihre neue Wohnung käme und die Einrichtung stünde schon da, nicht von ihr ausgewählt, und die ganze Wohnung wäre voll von der weitverzweigten Verwandtschaft ihres Bräutigams und ihrer eigenen, und ein paar ihr unbekannte Gäste aus der Mongolei würden mit Blitzlichtern ein Foto nach dem andern knipsen.

Noch ist allerdings nicht die ganze Einrichtung da, denn erst, am Nachmittag trifft ein Lieferwagen mit den Möbeln der Braut ein, und dahinter fährt ein Personenwagen mit den letzten wichtigen Gästen vor, den Eltern der Braut.

Alle finden sich vor der Jurte ein, um dem Ausladen beizuwohnen und einen Blick auf den Inhalt des Wagens zu werfen, und da wird ein Sofa hingestellt, ein weiteres Tischchen, zusammengerollte Teppiche, dann auch eine Kommode mit aufgesetztem Spiegel, und ein kleiner Hausaltar, an dem die Fotos der Menschen, an welche sich die beiden Brautleute zu erinnern haben, bereits befestigt sind. Diese schauen sich die Bescherung leicht verdutzt an, sprachlos immer noch, und auch als ihnen der fremde Besucher die Hand drückt und ihnen in seiner Sprache und ohne Dolmetscher alles Gute wünscht, nicken sie nur, als hätten sie soeben etwas Schweres erlebt.

Der fremde Besucher, dem von Milchschnaps, Stutenmilch und Wodka der Magen grollt und der Schädel saust, beschließt, sich an dieser Stelle zu verabschieden, da gerade jemand mit dem Auto zu seiner Gästejurte zurückfährt.

Er hört aber von den andern, die geblieben sind, dass der Braut alle Geschenke, die der Bräutigam schon empfangen hat, nochmals überreicht werden, dass zum fortdauernden Kreisen der Getränke und des Essens die Familie des Bräutigams und der Braut wieder abwechselnd Lieder singen, dass die Braut dann den Ofen einweiht, indem sie zum erstenmal, instruiert von einer der Brauttanten, der jüngeren, die übrigens Geologie studiert hat, eine Speise zubereitet, die nachher mit den Getränken die Runde macht, und Braut und Bräutigam seien dann doch noch etwas lockerer geworden, während viele der Gäste sich derart gelockert hätten, dass sie stockbetrunken zwischen den Jurten herumgewankt seien, denn es ist durchaus nicht so, dass dem Maß an alkoholischen Getränken nur die fremden Besucher nicht gewachsen sind, die totenbleich vom Fest zurückkommen und sich in der Nacht mehrmals übergeben müssen, und es kann auch dazu kommen, dass beim Eindunkeln alte Rechnungen beglichen und frühere Demütigungen heimgezahlt werden und Schlägereien ausbrechen, bei denen sich die Verwandtschaft derart prügelt, dass einer um seine Armbanduhr oder um seine schöne Kopfbedeckung kommt und zuletzt die Flucht ergreifen muss, weil ihn die andern in den Fluss werfen wollen, und dass er wie ein Hase übers Feld rennt und sich in einen Graben duckt, wenn ihn seine Feinde, die eben noch seine Freunde waren, mit dem Auto verfolgen und im Scheinwerferlicht suchen.

Er wird wohl am nächsten Morgen mit blauen Flecken, gesprungener Lippe und geschwollenem Schienbein irgendwo in der Steppe in seiner Jurte sitzen und keinen großen Appetit mehr haben, ebenso wie die fremden Besucher, von denen ab und zu einer aufsteht, hastig nach einer Rolle Toilettenpapier greift und leicht gekrümmt verschwindet, aber trotz ihrer gequälten Blicke ist klar, dass da etwas Einmaliges und Unvergessliches stattgefunden hat.

Mit Katharina in Indien

»Als die siebenjährige Katharina Disch mit ihrem vier-
jährigen Bruder Kaspar am Freitag, dem 9. September 1881
das Haus ihrer Großmutter betrat, wusste sie nicht, dass sie
es erst am Tag ihrer Hochzeit wieder verlassen würde.«

So fängt meine Novelle »Die Steinflut« an, und als ich sie
im Jahre 1998 fertig geschrieben hatte, wusste ich nicht, wo
mich Katharina aus Elm überall hinbringen würde.

In der ganzen Schweiz waren wir, auch im Welschland,
in Berlin waren wir, in München waren wir, in London
waren wir, in Athen und in Thessaloniki, wo man mit ihrer
Geschichte das Deutschdiplom machen musste, und nun
waren wir auch zusammen in Indien.

Katharina lernte bald, zum Gruß die Hände zu falten
und sich ein bisschen zu verneigen, sie lächelte, wenn man
uns in Schulen und in Colleges einen süßlich duftenden
Blumenkranz um den Hals legte und einen Glückspunkt
auf die Stirne drückte, sie fand die Schulzimmer manchmal
gar nicht so verschieden von demjenigen, das sie in Elm im
neunzehnten Jahrhundert erlebt hatte.

Auch die Kühe gefielen ihr, die ihren Platz auf Straßen
und Autobahnen mit einer Selbstverständlichkeit behaup-
teten, als seien diese für sie geschaffen worden und nicht
für die Autos, für die Autobusse, für die Lastwagen, für die
Dreiradtaxis, in die sich ohne weiteres 7 Personen zwängten,

für die Motorräder, die ganze Familien beförderten, für die Dreiradfahrräder, auf welchen unvorstellbare Lasten aufgetürmt waren, für die Ochsen- und Pferdegespanne, für die Fahrräder, auf deren Gepäckträger oft noch eine zweite Person Platz fand, und für die Fußgänger. Entzückt war sie von den Elefanten und Kamelen, die bisweilen ebenfalls als Verkehrsteilnehmer auftraten. Und lachen musste sie über das ununterbrochene Hupkonzert. Was man hier auf den Straßen brauche, sagte unser Chauffeur fröhlich, während er einen Lastwagen links statt rechts überholte, seien drei Dinge, good horn, good breaks, good luck.

Katharina erschrak ein wenig, als wir auf der ersten Station unserer Reise bei der Polizei einquartiert wurden, aber als sie den Polizeichef sah, beruhigte sie sich, er war der zweithöchste einer Provinz, die so groß war wie die halbe Schweiz, und auch mir musste Amrit Mehta, der Katharinas Geschichte ins Hindi übersetzt hatte, erklären, dass der Polizeichef ein großer Literaturfreund war, der einen Verlag betreibt, in welchem er mehrere Kurzgeschichten von mir in einem Bändchen publiziert hatte, und dass in Indien kein Mensch an einer solchen Zusatztätigkeit Anstoß nehme. Also nahmen Katharina und ich ebenfalls keinen Anstoß daran, auch nicht, als ich bei der Lesung in Karnal in einer Bibliothek, die zu Ehren von vier erschossenen Polizisten gebaut worden war, vom Chef der Stadtpolizei in Uniform begrüßt und verabschiedet wurde, ich hätte sie alle, sagte er zum Schluss, mit meinen Geschichten erleuchtet, enlightened.

Nach dieser Lesung sprach mich einer an, der mir sagte, er sei zehn Jahre im Gefängnis gewesen und habe, als er nichts zu lesen bekam, unserm Provinzpolizeichef einen

Brief geschrieben, und der habe ihn ab dann mit Lektüre versorgt, und besonders gefallen hätten ihm Dante und Kafka. So freundlich geht es nicht immer zu, ein Anwalt in Ambala erzählte, er sei einmal beim Verteilen von Flugblättern verhaftet und auf der Polizeistation an den Füßen aufgehängt und geschlagen worden. Er sagte das so ruhig, wie wir von einem kleinen Missgeschick erzählen würden, ich spürte weder Empörung noch Verwunderung.

Es braucht hier, das merken Katharina und ich bald, ziemlich viel, bis sich jemand wundert. Als die erste Lesung beginnen soll, bricht der Strom zusammen, die Lichter gehen aus, die Ventilatoren hören auf zu rotieren, und die Mikrofone sind tot. In der Schweiz würden die Veranstalter sofort herumrennen und die Quelle der Panne suchen. Hier bleibt man ruhig sitzen und wartet darauf, dass der Strom irgendeinmal wieder kommt. Als nach einer Weile im Vorraum auf wundersame Weise das Licht angeht, nehmen alle ihren Stuhl, und wir ziehen zur Lesung in den Vorraum, wo es auch gemütlicher ist.

Katharinas Geschichte erscheint den Menschen so selbstverständlich, dass sie in ihren Fragen kaum darauf Bezug nehmen. Bei ihren Erdbeben, Schlammlawinen und Überschwemmungen geht es bald einmal um Hunderte von Toten. Am letzten Tag unseres Aufenthalts fährt ein Zug über eine von den Fluten weggerissene Brücke, und es kommen etwa soviel Menschen ums Leben wie seinerzeit beim Bergsturz von Elm, 114 waren es damals. Nur einmal sagt eine Frau, sie finde es bezeichnend, dass sowohl in Indien als auch in der Schweiz eine Katastrophe immer zuerst die Ärmsten treffe. Das kann man zwar bei Katharinas Geschichte nicht behaupten, aber es wird genickt dazu, und so nicken wir auch, Katharina und ich, als es uns der Übersetzer zuflüstert.

Sonst interessieren die Zuhörer ganz andere Dinge: Sind Sie für oder gegen die Globalisierung? Muss man als guter Autor auch ein guter Mensch sein? Glauben Sie an die Auferstehung? Welchen Einfluss hat die indische Literatur auf die Literatur der Schweiz? Wenn Gott Ihnen drei Wünsche geben würde, was würden Sie sich wünschen? Welcher Vorfall hat Sie in Ihrem Leben am meisten geschmerzt? Welche indischen Autoren haben Sie gelesen?

In Elm hat man immer gebetet, bevor die Schule begann, deshalb war es Katharina auch nicht fremd, als bei einer Lesung zuerst ein Bild von Saraswati, der Göttin des Lernens und der Kunst, aufgestellt wurde, vor dem dann ein Lämpchen mit sechs Dochten entzündet werden musste, unter anderem von mir, und danach sangen drei Frauen ein Gebet zu ebendieser Göttin. Dann begrüßte der Präsident, dann die Vizepräsidentin, dann der Kulturredaktor, dann die Verlegerin, dann stellte mich der Übersetzer vor, und dann begann die Lesung.

Begrüßen, das fand Katharina bald heraus, ist wichtig in Indien, einmal berührte man zur Begrüßung sogar unsere Knie und unsere Füße, was uns beide etwas verlegen machte.

Was ein Handy ist, musste ich Katharina zuerst erklären, und dann musste ich mir selbst erklären, warum es in Indien niemand ausschaltet, nicht einmal mein Übersetzer, der mit mir auf dem Podium sitzt. In Chandighar hat er gerade den letzten Satz gelesen, da klingelt sein Handy, er zieht es aus der Tasche, spricht halblaut hinein und stürmt dann mit leicht vorgebeugtem Oberkörper, das Gerät fest an sein

Ohr drückend und beschwörend hineinmurmelnd, aus dem Saal, und die Dreizeilengeschichte von der Trauer und der Hoffnung, mit der ich eigentlich aufhören wollte, bleibt unübersetzt, ich schaffe die englische Version nicht auf Anhieb, spreche sie wie ein richtiger Dichter mit großer Geste auf Deutsch in den Saal und lasse sie unverstanden stehen.

Katharina konnte zuerst nicht recht glauben, dass das, was der Übersetzer vorlas, ihre Geschichte sein sollte, aber ab und zu hörte sie ihren Namen, und auch die Namen Kaspar, Züsi und Bäsi, da wusste sie, dass das »Bleiggen«-Haus, von dem aus sie den Bergsturz gesehen hatte, nun auch in Indien stand, und wenn Amrit Mehta zur Stelle kam, wo sie gesagt hatte »Je, Bäsi, dört chunnt öppis ufs Untertal abe«, hielt er inne und erklärte der indischen Zuhörerschaft, dass das ein Dialektsatz sei und dass er diesen deshalb in einem Dialekt des Himalaya wiedergegeben habe, und so kamen wir beide auch noch in den Himalaya.

Als in Hyderabad, wo ebensoviel Telugu wie Hindi gesprochen wird, ein schöner Mann mit dunklen Augen und tiefem Blick auf uns zukommt und fragt, ob er die »Steinflut« aus dem Hindi ins Telugu übersetzen dürfe, flüstert mir Katharina zu, ob er wohl wisse, was »Kartoffelfenz« auf Telugu heiße, aber wir sind einverstanden, wieso sollen Grosi und Bäsi und Züsi und ganz Elm nicht auch noch nach Südindien mitkommen, und als wir nachts um zwei Uhr auf dem Flughafen von Delhi zwischen den schlafenden jungen Indern durchgehen, die sich wahrscheinlich irgendwo in der weiten Welt verdingen müssen, weil es bei ihnen zu Hause keine Schieferwerke gibt, in denen sie Arbeit finden, fragt mich Katharina: »Wo gehen wir das nächstemal hin?«

Im gelobten Land

»We can speak about water, or about technical aid, but the most important is dignity«, sagt der Präsident einer Nachbargemeinde von Qalqliya, einer Stadt in Palästina, die auf drei Seiten von der Grenzmauer eingekesselt ist und für seine 40 000 Einwohner nur einen einzigen Zugang über einen einzigen Checkpoint hat – wichtiger als die Probleme des Wassers oder der technischen Hilfe sei die Würde.

Was er damit meint, ist in den besetzten Gebieten täglich zu sehen.

Ein israelischer Soldat hat den Lieferwagen eines Palästinensers kontrolliert und gibt ihm seine Ausweise zurück, und zwar über die Schulter, so dass er ihn nicht anschauen muss.

In Bethlehem steht, als wir zum Checkpoint kommen, eine Ambulanz mit einem Schwerverletzten auf der andern Seite, und hinter der Stacheldrahtrolle, die über die Strasse gespannt ist, wartet eine Ambulanz aus Bethlehem, um diesen ins Spital zu bringen. Die Begleiter wollen den Stacheldraht zurückschieben, um den Patienten auf seiner Rollbahre auf dem kürzesten Weg von einem Wagen in den andern zu bringen. Der israelische Soldat lässt es nicht zu, sondern schickt sie den längeren, holprigen Weg für die Fußgänger hinter den Steinblöcken durch.

Als ich im Auto von Jerusalem nach Ramallah gebracht

werde, stehen wir am Checkpoint eine halbe Stunde im Stau. Von zwei möglichen Spuren ist nur eine geöffnet. Mit uns stehen insgesamt drei Ambulanzen. Keine darf die zweite Spur benützen.

Wer sich bewegen will, muss sich den Regeln der Besatzung beugen, und diese Regeln wollen, dass sich die Leute nicht bewegen können.

Von Jayyus aus ist der Sperrzaun zu sehen, der weit innerhalb der offiziellen Grenze verläuft. Auf der andern Seite des Zauns liegt ein Großteil der landwirtschaftlichen Güter der Ortschaft, die Treibhäuser einer Gemüsekultur sind zu sehen. Ein Tor im Zaun wird morgens um 6, mittags um 12 und abends um 6 für je eine Viertelstunde geöffnet, für die, welche einen Erlaubnisschein haben. Traktoren dürfen nicht passieren, und der »permit« zur Bewirtschaftung der Güter wird jeweils für 3 Monate ausgestellt, dann muss ein neuer beantragt werden.

Am Westeingang der Stadt Qalqliya, an der Straße, die nach Israel führte und auf der die Israelis gern zum Einkaufen kamen, standen Läden, Cafés und Restaurants. Als in zwei- bis dreihundert Meter Entfernung der Bau der Mauer begann, wurden diese Gebäude in einer einzigen Nacht von der israelischen Armee niedergewalzt, ohne dass die Besitzer auch nur einen einzigen Kühlschrank retten konnten. Wir stehen auf den Fundamenten dieser Häuser und blicken auf ein Bild, das ich von Berlin her noch kenne: die Mauer. »Wall of hatred« nennen sie die Palästinenser, Mauer des Hasses, sie ist eine Verneinung jeden Kontakts, eine Verneinung jeder Kommunikation, eine Verneinung jeder Bewegung.

Auf 3,4 Milliarden Dollar werden die Kosten des Mauerbaus geschätzt. Einen Augenblick habe ich die irrwitzige Vorstellung, Israel würde dieses Geld für die Infrastruktur Palästinas zur Verfügung stellen. Ich vermute, dass es sich die Mauer ersparen könnte.

Dort, wo sie in einen Grenzzaun übergeht, mit einem Tor für israelische Militärfahrzeuge, steht hinter der Mauer einer jener fast zweistöckigen Bulldozer bereit, die es mit jedem Gebäude aufnehmen. Vor zwei Tagen sei er zum letzten Mal gekommen, um ein Haus zu zerstören, sagt einer unserer Gastgeber.

Diese Ungetüme sind auch problemlos in der Lage, einen Olivenbaum samt Wurzeln in die Luft zu heben. Das palästinensische Nationaltheater hat einen Zeichen- und Malworkshop für Kinder veranstaltet; auf vielen der Zeichnungen sind Bulldozer zu sehen, die Bäume ausheben oder umkippen. 64 % aller Olivenbäume seien seit der Besatzung zerstört worden, sagt man uns. Natürlich sind wir nicht in der Lage, solche Zahlen zu überprüfen, aber es ist klar, dass die israelischen Siedlungen in der Westbank, die sich seit den Abkommen von Oslo verdoppelt haben, nicht einfach auf Landstücken gebaut wurden, auf denen vorher nichts war.

Oft stehen sie auf einer Hügelkuppe, und ihre regelmässige Bauweise, die ein Haus mit einem kleinen Zwischenraum an das nächste reiht, führt dazu, dass sie von weitem wie mittelalterliche Festungen aussehen.

Und mittelalterlich ist auch die Denkweise der Siedler. Sie sind überzeugt, dass ihnen Gott dieses Land vor 2500 Jahren zugewiesen hat, das steht oft auf Hebräisch so am Eingang einer Siedlung geschrieben. Sie erobern das Land nicht, sie erobern es zurück. Dazu gehört auch die Vertreibung des andern. In der Stadt Hebron haben sich insgesamt 400 Siedler niedergelassen, und ihretwegen wurde praktisch der ganze Bazar geschlossen, Hunderte von Läden, aus Sicherheitsgründen, heißt das unwidersprechbare Donnerwort. Wir gehen durch eine Geisterstadt. Auf jeder zweiten der kleinen Ladentüren ist entweder ein Davidstern gesprayt oder eine hebräische Inschrift, die ich mir mit »Tod den Arabern« übersetzen lasse. Was bis vor ein paar Jahren die Gemüsehallen waren, sind heute die Büroräume der Siedlergemeinschaft.

Die Shuhada-Straße war früher die Hauptverkehrsader von Hebron. Wenn sie die Palästinenser heute überqueren wollen, um von einem Stadtteil in den andern zu gelangen, müssen sie entweder einen der Checkpoints benützen, oder einen Umweg von 5 Kilometern machen. Die meisten bevorzugen den Umweg. Am Checkpoint stehen, als wir daran vorbeikommen, nur drei Palästinenser. Sie haben ihre Ausweise abgegeben, der israelische Soldat ist damit in sein Wachhäuschen gegangen, und sie warten und warten. Solange wir dort sind, kommt er nicht zurück.

Ein großes, hohes Gebäude, von Siedlern bewohnt und als Schule benutzt, liegt direkt an einer engen Straße mit palästinensischen Geschäften und Wohnhäusern. Die israelische Armee hat vor einem Jahr zum Schutz des Gebäudes und der Geschäfte darunter ein Stahlgitter über der Straße angebracht, auf das nun von oben immer wieder Gegenstände geworfen werden. Gegenstände? Ein Blick auf das Gitter über uns zeigt: es liegen auch große Steine darauf, schwer genug, um einen Menschen zu erschlagen. Und das dort, sieht das nicht aus wie eine Schafshälfte? Ja, altes Fleisch, und es soll den Arabern da unten die Straße und den Alltag verstinken. Der Boden ist sandig von den Sandsäcken, die heruntergeschmissen werden und auf dem Gitter zerplatzen. Während wir durch die Straße gehen und unsern Augen nicht glauben, knallt ein Abfallsack auf das Gitter.

Die Siedler sind in Israel nicht beliebt, aber sie werden vom Staat gedeckt. 1500 Soldaten beschützen die 400 rabiaten Zuzüger in der Innenstadt von Hebron. Ich frage mich, wie man so leben kann. Hier wird Verzweiflung produziert. Die zwei letzten Selbstmordattentäter, die in Beersheba 16 Menschen in den Tod gerissen haben, kamen aus Hebron. Die Häuser ihrer Familien wurden umgehend niedergewalzt.

Aber es genügt schon, wenn man einen Sohn in der Familie hat, der unter Verdacht steht, Aktivist zu sein. In Dheishe, einem Flüchtlingsquartier in der Nähe von Bethlehem, stehen wir vor dem zerstörten Haus eines Mannes, zu dem im Frühling ein Armeekommando kam und ihn nach einem seiner Söhne fragte. Er sei nicht da, sagte der Vater. – Wo er sei? – Er wisse es nicht. – Er habe zwei Stunden Zeit, ihnen zu sagen, wo sie seinen Sohn fänden, sonst würde sein Haus gesprengt. Welcher Vater würde seinen Sohn denunzieren? Das Haus wurde gesprengt. Er baute es wieder auf, inzwischen wurden zwei seiner Söhne als Aktivisten verhaftet und kamen ins Gefängnis. Vor zwei Tagen erschien abermals ein Armeekommando und sprengte sein Haus ein zweites Mal.

Wie Vieles von dem, was die Israelis heute tun, erinnert an das, was ihnen selbst in ihrer leidvollen Geschichte widerfahren ist, von der Einschränkung der Bewegungsfreiheit bis zur Sippenhaft. Das Wort »Ghetto«, einst auf die Juden bezogen, benutzen die Palästinenser heute, wenn sie von ihrer Situation reden.

Die Selbstmordattentate sind eine Schrecklichkeit, und es ist keine Frage, dass es sie nicht geben dürfte. Im Flüchtlingslager Balata erzählen uns die Lehrer, wie sie die Kinder zu friedlichem Verhalten erziehen, aber zwei Schritte von der Schule weg kleben überall jene Poster mit den jungen Märtyrern, die auf den ersten Blick wie Filmplakate aussehen. Ich habe von einer Umfrage unter Teenagern in Gaza gehört, die ergeben habe, dass jeder dritte davon träume, als Märtyrer zu sterben. Sumaya Farhat-Naser, die Autorin von »Thymian und Steine«, die ich an der Uni Bir-Zeit treffe, erzähle ich davon, und sie kann das so nicht glauben. Was sie aber häufig hört, ist, dass die Kinder am liebsten einfach sterben wollen. Zukunft haben sie keine, und eine Gegenwart, die den unbeschwerten Namen Kindheit verdient, auch nicht.

Da ich mich einer Reise von Schweizer Parlamentariern angeschlossen hatte, waren wir auch zu Besuch bei Jassir Arafat in seinem zerbombten Amtssitz. Was für ein Präsidentenpalast, durch Verteidigungswälle von Ruinen, verbrannten Autos, Fässern und Sandsäcken mehr dekoriert als geschützt. Und dann die Legende selbst, ein verschmitzter, witziger, kleiner alter Mann, der oben am Tisch zwischen Türmen von Papieren sitzt, sich ab und zu ein Blatt hervorgreift, von dem er etwas zitieren will, und nur die Fragen hört, die er hören will. Er spricht vom erschossenen Rabin

fast wie von einem alten Freund, entwirft eine Zukunfts-
vision von Palästina als einem Land, in dem alle Religionen
friedlich nebeneinander leben, so wie er das als Kind noch
in Jerusalem erlebt habe, kann aber nicht sagen, wie er sein
Land aus der gegenwärtigen Situation so weit bringen will.
Am Schluss erwischt er uns alle, indem er uns zum Abschied
einen nach dem andern küsst, die Damen entlässt er mit
einem Handkuss. Wir dürften zu seinen letzten Besuchern
gehört haben, denn wenig später erkrankte er und starb.

Ein hoher israelischer Sicherheitsbeamter erläutert uns,
während wir mit Mühe ein wunderbares Essen zu uns nehmen, seinen Sicherheitsbegriff, der ein rein militärisch-
technischer ist, auf Isolation und Stilllegung des Gegners
zielend. Ich frage ihn, ob er arabisch könne. Er kann nicht
Arabisch. Auf der letzten Wochenendbeilage der »Jerusalem
Post« sind vermummte Irakkrieger abgebildet, die Titel-
geschichte heißt »This is our neighbourhood« und zeigt
Mahdi-Kämpfer mit Arafat-Kopftüchern, es gibt auch einen
Beitrag über bewaffnete Frauen im Irak und über die Spe-
kulation, dass die Muslime in Europa in hundert Jahren zur
Mehrheit werden könnten. Nirgends finde ich einen Artikel
über arabische Kultur.

In Ramallah treffe ich den Schriftsteller Mahmoud
Darwish. Ich kenne ihn als Lyriker, und er ist der Heraus-
geber einer Kulturzeitschrift, die ich leider nicht lesen kann,
sie enthält Gedichte, Essays, Kritiken und poetische Texte.
In seinem Kulturzentrum »Sakakini« arbeitet unter anderem
auch ein Hebraist, der sich ausschließlich mit dem Studium
hebräischer Kunst und Kultur beschäftigt. Als Darwishs
Gedichte vor ein paar Jahren in hebräischer Übersetzung

erschienen, führte das in Israel zu heftigen Reaktionen, die in einer Knesset-Debatte gipfelten. Es besteht offenbar wenig Interesse daran, den Gegner von seiner poetischen Seite kennenzulernen, es ist praktischer, wenn man ihn mit Kopftuch und Maschinenpistole abbildet.

Darwish fragt mich, ob ich die Mauer gesehen habe, ich bejahe es und sage, es sei ein kafkaesker Anblick, und von da an sprechen wir, zwei Kilometer von der Mauer entfernt, nur noch über Probleme der Übersetzung. Ich habe ihm den letzten auf Deutsch erschienenen Band seiner Gedichte mitgebracht, den er noch nicht gesehen hat, und übersetze ihm Verszeilen, nach denen er fragt, vom Deutschen ins Englische.

Im Nationaltheater in Jerusalem versammeln sich einmal in der Woche Autoren und Autorinnen, um über Kinderliteratur zu sprechen, und am Abend, anschließend an dieses Treffen, höre ich das Konzert einer Gruppe von jungen Musikern, welche die Tristesse des Alltags in Songs verwandeln, einer davon, locker und schwungvoll, ist eine Liebesgeschichte, die an einem Checkpoint beginnt, wo sich der Sänger beim Warten in ein Mädchen verliebt.

Hätte ich das nicht auch erlebt, wären die sechs Tage fast unerträglich gewesen.

Beim Anblick der Mauer kam mir das Gedicht von Bertolt Brecht aus »Schweyk im Zweiten Weltkrieg« in den Sinn, das ich nachher auch bei einem Treffen mit Parlamentariern in Jerusalem vortrug und auf Arabisch übersetzen ließ:

»Am Grunde der Moldau wandern die Steine
Es liegen drei Kaiser begraben in Prag.

Das Große bleibt groß nicht und klein nicht das Kleine.

Die Nacht hat zwölf Stunden, dann kommt schon der Tag.«

Daraufhin erhob sich ein Parlamentarier und sagte, es gebe ein arabisches Sprichwort, das heiße: »Die dunkelsten Stunden der Nacht sind die vor der Morgendämmerung.«

Landsgemeinden

Zwei Landsgemeinden habe ich besucht, und Seltsames habe ich gesehen.

Die erste versammelte sich am 30. April in Appenzell.

Zu einer getragenen, schwungarmen Marschmusik zogen die Magistraten und die Kantonsrichter samt den drei Richterinnen auf dem Landsgemeindeplatz in einem Taktschritt ein, der eine langsame Gewichtsverlagerung vom einen auf den andern Fuß und einen kurzen Halt auf dem andern Fuß verlangt. Auch die Ehrengäste waren bemüht, diesen Zeitlupengang mitzumachen; die ganze vorarlbergische Landesregierung, zwei hohe Militärs und der schweizerische Bauernpräsident wankten so auf ihre Tribüne, von wo sie sitzend das demokratische Geschehen verfolgen durften, während das Volk stand, auf dem Platz, der mit Seilen abgesperrt war gegen all die, welche keinen Landsgemeindesäbel bei sich trugen, kein »Seitengewehr«, wie die Männer, oder keinen blauen Stimmausweis, wie die Frauen. Die Amtspersonen hatten ebenfalls zu stehen, vorn auf der Haupttribüne, obwohl diese »Stuhl« genannt wird. Nur einige echte Stühle waren zuvorderst für die Alten reserviert.

Fahnen, die vorher knapp über den Häuptern der Gemeinde geschwungen worden waren, wurden nun postiert, die Fähnriche in Uniformen wurden von kleinen Fahnenbuben eskortiert, auch sie in Uniformen, und nach einer kurzen

Ansprache des schweizweit bekannten Landammanns wurde die Versammlung in altertümlichem Deutsch eröffnet.

Sofort wurde der neue Landammann gewählt. Das Bild, wie die Hände aller Anwesenden in die Höhe schossen, ließ mich erschauern, und dann hatte dieser die Eidesformeln zu sprechen, Formeln von liturgischer Qualität, »Das hab ich wohl verstanden«, musste er nach Anhören seiner Pflichten sagen, dann verstand ich, »treulich und ungefährlich« werde er seines Amtes walten und keine Geschenke entgegennehmen, es sei denn »in den Landsäckel«. Danach kam ein erstaunlicher Moment, denn jetzt wurde auch das Volk vereidigt, und als der ganze Landsgemeindeplatz murmelte »Das hab ich wohl verstanden«, wurde mir, an einem der Hotelfenster über dem Platze klebend, ganz eigenartig zumute, denn auch ich hatte wohl verstanden, dass Volk sein etwas genauso Ernstes ist wie Landammann sein, oder stillstehender Landammann, wie der Vize hier heißt.

Richter und Richterinnen mussten nun dem Platz den Rücken zukehren, wurden eine nach dem andern vom Volk bestätigt und durften dann wieder auf die Tribüne, von wo sie dem politischen Prozess tatenlos zusahen. Ein leichter Wind bauschte ihre Mantelroben immer wieder auf, so dass sie von oben aussahen wie seltene Schmetterlinge.

Und dann trat die Realität auf.

Eine Initiative, welche die Golderträge, die der Kanton von der Nationalbank bekommt, für besondere Projekte zurückstellen wollte, statt sie einfach in den Landsäckel fließen zu lassen, wurde zur Zufriedenheit der Regierung abgelehnt.

Das neue Steuergesetz, welches Appenzell im Rennen der Kleinkantone um Steuerflüchtlinge einen der vordersten

Plätze sichern sollte – ein Opponent sprach vom »Monaco« der Schweiz –, wurde zwar von so vielen Stimmenden abgelehnt, dass der Landammann, der die Mehrheiten nur mit seinem Augenmaß schätzt, nochmals abstimmen ließ. Als die Hände der Gegner und Gegnerinnen in die Höhe fuhren, hatte ich einen Moment lang das Gefühl, dem Volk sträubten sich die Haare, aber dann herrschte Gewissheit, dass das vereidigte Volk mit der vereidigten Regierung einig war. Und so blieb es bis zum Schluss, als die Magistraten den »Stuhl« räumten und der ganze Zug wieder demokratietrunken im Taumelschritt durchs Dorf zog, an den fotografierenden Japanern, Amerikanern und Restschweizern vorbei.

Wie kann man hier wohl, fragte ich mich, erfolgreich Opposition machen, unter den strengen Blicken eines ganzen Platzes, auf dem sich alle kennen, und wenn der Landammann jedes Votum auch noch kontert, während der Votant von der Bühne abgeht?

Auf dem Weg zum Bahnhof ging ich hinter einer Gruppe dunkel gekleideter junger Männer her, von denen jeder einen Landsgemeindesäbel trug und von denen einer lachend zu den andern sagte, wie das wohl wäre, wenn einmal einer am Rednerpult alle zusammenscheißen würde. Mit lauter, in der Unterführung widerhallender Stimme ließ er imaginäre Schimpftiraden auf die Versammlung prasseln, und die Vorstellung belustigte die andern ungemein, gerade weil sie wohl verstanden, dass das nie jemand machen wird, dass das Ritual an der Macht bleiben wird und der Landammann und sein stillstehendes Volk immer zusammenhalten werden. Der schwarze Block Innerrhoden stieg dann in Gontenbad aus, um den Normalbetrieb wieder aufzunehmen.

Die zweite Landsgemeinde habe ich tags darauf am 1. Mai in Zürich besucht. In der Bäcker-Anlage, einer Art Parkinsel im Kreis 4, hatten die Sozialdemokraten zum Fest gerufen, saßen an langen Tischen oder lagerten sich im Gras, tranken Bier, aßen Spanferkel oder Spaghetti und warteten auf ihren Bundesrat, der dieses Jahr auch unser Bundespräsident ist. Alle wussten allerdings um die Gefährdung des Picknicks, war doch die Bäcker-Insel an diesem Tag umbrandet von den Wellen des Chaos und den Nebelbänken der Ordnungskräfte, denn das Epizentrum der alljährlichen Mai-Turbulenzen, der Helvetiaplatz, liegt nur einen Steinwurf weit entfernt. Wer, wie ich, und etliche andere, die »de Leuebärger wänd go lose«, vom Limmatplatz her auf dem Landweg auf die Insel zu gelangen versuchte, da die Busse ihren Betrieb wegen der stürmischen Witterung eingestellt hatten, dem konnte schon die bewegte Stimmung im Milieu auffallen, ist es doch sonst eher selten, dass sich Zuhälter mit goldenen Kettchen und üppigen Haarmähnen Tränen aus den Augen wischen. Hier musste, daran ließ der Geruch keinen Zweifel, kurz zuvor die Ordnung wiederhergestellt worden sein.

Aber die Stimmung auf dem Rasen war friedlich, und tolerant war man auch, durfte doch ein Gegner des neuen HB-Großprojekts unbehelligt seine fahrbare Gegenpropagandamaschine aufstellen, an welcher man alle Stadträte, auch die sozialdemokratischen, als Stabpuppen auf und ab bewegen konnte, eine Gelegenheit, die von Kindern gerne benutzt wurde.

Das Podest für die Ansprachen war ungleich niedriger als in Appenzell. Wer immer dort erschien, kam aus unserer

Mitte und gehörte zum Volk, das sich hier ohne Säbel und Stimmausweis eingefunden hatte. Sozusagen als Vorgruppe des Stars trat, angekündigt vom Stadtpräsidenten, das Kampagnenkomitee der kantonalen Volksinitiative »Chancen für Kinder« auf und warb für dieses Anliegen, das einhellig begrüßt wurde, die gelben Informationszettel gingen so gut weg, dass die Initiative als zustande gekommen gelten kann.

Und dann, kurz nach 18 Uhr, war es soweit, dass Koni Löpfe, Landammann der Zürcher Sozialdemokratie, »unsern Bundesrat« auf die Volksbühne bitten konnte, und Moritz Leuenberger, in einem schwarzen Regenmantel, hob zu seiner Ansprache an, die sogleich durch Zwischenrufe unterbrochen wurde. Die Rufe waren aber freundlicher Art, forderten sie doch bloß ein akustisches Näherrücken des Redners: »Lauter! Lauter!« Unser Bundesrat zog das Mikrofon etwas näher zu sich und schilderte als launige Ouvertüre die 1. Mai-Feiern im Berner Oberland, ein Idyll, das er sich wohl heimlich auch ein bisschen wünschte, denn er war via Spitzenlöhne der Bankmanager gerade beim Gedanken der Solidarität angekommen, als klar wurde, dass die Bäcker-Insel besetzt wurde, von einer Handvoll Seeräubern, unter denen nun doch welche mit »Seitengewehren« waren, Feuerwerkskörpern, die sie wie Fackeln in die Höhe hielten und Knallpetarden daraus abfeuerten. In einer Kolonne marschierten sie, vermummt, bekapuzt, mit verwegenen Tüchern um den Kopf, in einem Bogen auf das Rednerpodest zu, wo sich unser Bundesrat mit den Worten »Ich glaub, ich hör mal uf« duckte, weil nun die ersten Eier geflogen kamen, und während unser Koni alle dazu aufrief, nicht davonzulaufen und näher zur Bühne zu kommen, machten sich die ersten Mütter mit ihren Kindern davon, und unser Moritz wurde von seinen Sicherheitsleuten, auch in schwarz gekleidet, sanft, aber bestimmt von der Bühne geführt.

Als er später ausrichten ließ, er komme nicht mehr, ging ein Aufmurmeln durch die Dagebliebenen, das halb Enttäuschung, halb Verständnis bedeutete. Einige Buhs waren zu hören, die Seeräuber waren wieder abgezogen, nachdem sie ihr Ziel erreicht hatten, und der stillstehende Landammann Ledergerber ergriff einen Besen und wischte treulich und ungefährlich die Eier von der Bühne, und trotz Löpfes Aufforderung, es uns wieder gemütlich zu machen und zu essen und zu trinken, wollte bei der linken Landsgemeinde keine rechte Festfreude mehr aufkommen.

Als ich die Bäcker-Insel verließ, wurde der Helvetiaplatz gerade wieder von einem Cordon der Ordnung zurückerobert; dieser wäre groß genug gewesen, die offene Flanke der Insel abzudecken. Ich ging die Langstraße hinunter und merkte nach einer Weile an den erschreckten Blicken der schwarzen Frauen vor den Cafés, dass der Cordon ebenfalls die Langstraße hinunter marschierte und mich, ohne dass ein Seeräuber zu sehen war, ganz allein vor sich hertrieb. Ich beschleunigte meinen Schritt, drückte mich seitlich auf ein Trottoir und ließ die behelmte, blaugewandete Schar mit ihren Tränengaspistolen und Astronautenrucksäcken an mir vorbeiziehen, nicht ohne die frechen Rossschwänze von Frauen zu bemerken, die unter einigen Helmen hervorquollen.

Das waren meine zwei Landsgemeinden, und beide fanden in der Schweiz statt.

Hallo!

Hallo ... ich bi's ...

Los emal, Hildegard, ich hoffe, in Züri der Zug am 12 ab 12i z neh.

Tschau, bye-bye!

Ja, wie lang bisch du no im Büro?

I bi jetz no im Zug, dänn check i y, dänn rüef di zrugg.

Hallo!

Wir haben zur Zeit 8 Minuten Verspätung.

Du bist schon da?

Ja, die haben grade gesagt, wir hätten 8 Minuten Verspätung.

Na gut ...

Au weia ...

Ich drück den Daumen.

Loset, i ha dä Wüethrich nid verwütscht.

De het's no ne chlyne Vorbehalt im Vertrag, es bruuchti zerst d Unterschrift für en Ytrag im Grundbuech.

Dini Liebi bedütet mir sehr vill.

Jo, isch guet, chanich mache.

Doch, sie bestätige s Budget.

Sie händ ihre offebar 24 Std. Flüssigkeit i Darm gloh, damit er sech greiniget het.

d Transaktion isch an sich abgschlosse.

Hallo, hesch gar nid so guet tönt uf der Combox – isch öppis passiert?

S letschtmol, woni mit em Chauffeur gange bi, isch es drü Stund gsi, drü Stund ufs Loch.

Hallo? ... En train ...
    Non, non, on dira juste bonjour.
    Alors, à tout à l'heure!

Du, ich weis es no gar nöd so rächt.

Ke Sau hät mir chöne aalütte.
    Ich ha na dänkt, ich heg huere wenig Telefon.

Ja – i lütte dir hütt a.

Loset, wenn irgendöppis wär, lüten ech a, i bi am zähni uf der Botschaft.

Süsch mach ich mir mol Gedanke, Joe, und cha dir's ufs

Mail tue.

Irgendwas passiert, das ich wissen sollte?

Ja, dasch no guet.
   Ja.
   Ja, ja.
   Ja, das wird no vill mache.
   Ja.
   Ja, genau.
   Ja.
   Ja, das wär sehr guet.
   Ja, ja.
   Das findi sehr guet.
   Das findi sehr guet.
   Tätsch du das veranlasse?
   Ja.
   Ja, sehr guet.
   Nei, dasch i mim Sinn.
   Dasch sehr guet.
   Ja.
   Ja.
   I danke dir für di Ysatz.

Du, ich han 8 jungi Häsli.

Ich glaube, ich versuch's in einer Viertelstunde nochmal.
   Dann ist die Leitung besser.
   Nein, es ist gar nicht so dringend, es ist nur ein kleiner
Sturm im Wasserglas … o.k. Andreas – tschau, tschüs!

Är het jetz plötzlich grundsätzlech Interässe …

I ha ihm gseit, dass du morn mit em Lieferwage chunnsch …

Jä, ich lütt dir sicher no aa morn und cha der denn Bscheid gäh …

Du bisch der bewusst, das Ding isch guet mannshoch? …

I mues es eifach morn wisse, verbindlich – dä chunnt nid zweimol …

Joachim?

Hallo … Hallo …

Oh, ich muss mich verwählt haben.

Hallo, Joachim, hier ist Holger, ich wollte meine Bestellliste ausweiten.

Ich ha dir scho mol aaglütte, ja.

Dir gaht's guet?

Du, ich hanes chlyses organisatorisch-logistischs Problem: Ich würd gern a Polyball gah, aber de Papi isch weg und s Mami au, jetz hanich kes Auto …

Ah, dänn bisch du z Davos?

S Vreni chönnt mir natürlech bestätige, dass d Margrit cha cho. S Problem isch immer d Margrit.

Ja, und wir sehen uns dann nächsten Mittwoch – ach ja, Dienstag, Dienstag, ja, und ich komme dann mit den Kindern in die Schule, um 8 Uhr – alles klar … vielen Dank.

Ich glaub, ich chumen au.

20 %? Das finde ich, muss ich mal sagen, relativ aggressiv.
    Hast du die Auswertungen von ihr?
    Ich bin zurück in einer Stunde in Stuttgart, und dann guck ich rein.

Jetz bini scho z wyt gloffe.
    I laufe grad dure Spiiswage dure … söll i der na öppis mitbringe?

Ich hab nochmal mit dem Opa gesprochen, und er hat im Prinzip nichts dagegen.

Ich bi ebe am Mittwuch z Münche, und es stinkt mir chli, wieder uf Frankfurt ufe z goh wäg eim Tag.

Hoi Roger, bisch du au unterwägs?
    Ich bi im letschte Wage vor em Spiiswage …
    Alles klar, tschau, tschau!

Hallo – säg emal, wie gaht's dene Fälge?
    Nanig da?
    Aha.
    Jä nu.
    Ah, so.
    Also seisch mer eifach, wänn's sowit isch.
    Ja, Häusler, grüezi.
    Ich sött morn mis Auto vorfüere, aber s hät käni Redli.
    Ja, gaht nöd eso guet, jetz bruucht ich en neue Termin.

Grüss dich, Eva, hier ist Peter.

Ganz gut – bis morgen um 8 Uhr schrecklich, weil ich da gepackt habe wie ein blöder.

Hör mal, ich werde in einer Stunde oder so in Zürich sein, und ich komme morgen früh in die Bank.

Gut ... jawohl ... super ...

Hesch mi gsuecht?

Ja, wie du meinsch.

Mir isch glych, wie du Lust hesch.

Nenei ... Nei, süsch chan *ich* jo ychaufe, denn chasch du diräkt heicho.

Nee, nee, das ist, glaub ich, alles bestens.

Der Lastwagen fährt jetzt dann los und fährt morgen früh über die Grenze.

Ich habe 3 x 25 Kartons zwischengelagert ... vergiss nicht, ich hab 330 Kartons geschickt – aber nicht jetzt, schon vor einer Weile.

Jo, hoi.

Uf welem Gleis bisch?

Uf em elfi?

Ja.

Im hindere oder im vordere?

Es het zwe.

Jo guet.

Jo, i chume.

Also im hindere.

Vo euch us gseh hinde?

Der Zug isch zwöiteilt.

Also uf welem Gleis seisch?

Uf em elfi.

Jetz fahri grad i Hauptbahnhof y.

I chume, tschüss.

Pantomime

Als ich am Bucheggplatz auf den Elfer wartete, erklärte ein junger Mann auf der gegenüberliegenden Plattform der Haltestelle einem andern ein Gerät und dessen Bedienungsmöglichkeiten. Das Gerät hatte er nicht bei sich, aber je mehr er seine Hände brauchte, um es zu beschreiben, desto mehr tauchte es aus dem Nichts auf, nahm Konturen an, und als die Straßenbahn herannahte, hätte ich fast »Vorsicht!« hinübergerufen, weil es mit dem vorderen Teil gefährlich ins Geleise hineinragte.

Das Ziel

»Zur Uni, bitte.«

»Uni-Spital?« fragte der Taxifahrer.

»Nein«, sagte ich aufatmend, »nur Uni.«

The Last Show

Der Film ist zu Ende, und während auf dem Abspann die Namen aller Hilfskräfte des Meisters von unten nach oben gezogen werden, Best Boy, Gaffer, Driver und Dutzende andere, treten wir aus dem Kino Piccadilly, mit dem verschleierten Blick und dem behutsamen Gang von Verzauberten. Ein Magier hat einen Vorhang geöffnet, und was er uns dahinter zeigte, nannte er Show, singende Schwestern traten auf, drittklassige Cowboys, alternde Schlagersänger, ein zynischer Entertainer, ein stellenloser Privatdetektiv und ein Todesengel. Er nannte es Show, aber eigentlich tat sich hinter dem Vorhang ganz Amerika auf. Er nannte es Show, aber es war Welttheater. Er hat uns den Schmelz der Vergänglichkeit gezeigt, die Grazie des Gewöhnlichen, die Einmaligkeit des Lebens.

Wir können uns nicht einfach in den Zug setzen oder ins Tram und nach Hause fahren, sondern müssen noch ein paar Schritte durch dieses Leben machen, vorbei an dem Pulk von Punks in der Parkanlage, die in großen Gesprächen mit Bierdosen in der Hand ihre heiser bellenden Hunde zu übertönen versuchen, mitten durch die Ströme von Menschen, die auf der Suche nach irgendeiner letzten Show durch die Straßen dahintreiben, durchqueren eine Schlange, die über das ganze Trottoir vor einem Dancing ansteht, schlendern an den Tischen der Straßencafés vorbei, die bis auf den letzten Stuhl besetzt sind, von Vergnügungssehnsüchtigen, Glücklichen und Glücksuchenden. Am Limmatquai taucht ein Wagen der Linie 13 auf, unwirklich leise, er ist hier auf der falschen Strecke, rollt daher, als hätte er sich aus dem Tramdepot davongestohlen, um sich unter die Flanierenden zu mischen.

Aus der Halle vor der Wasserkirche hören wir Klänge, die viel zu schön sind für das Akkordeon, dem sie ein Spieler entlockt, nicht Handorgel-, Orgelklänge sind es, Präludien und Fugen von Bach, und wir gesellen uns zu den Lauschenden, die einen Halbkreis um ihn gebildet haben oder an Wänden und Säulen lehnen, ab und zu löst sich jemand, kann nicht anders, als auf ihn zugehen und eine Münze in die Dose werfen, die der russische Virtuose vor sich hingestellt hat. Als wir uns umdrehen, um weiterzugehen, fährt ein doppelstöckiger roter Bus aus London über die Brücke, und wir wissen einen Moment nicht mehr, wo wir sind, ebenso, als mich wenig später am Paradeplatz ein junger Mann umarmt, der sich als nackte dicke Frau verkleidet hat.

Doch, es ist Zürich, das ganz gewöhnliche Zürich, in dem wir wohnen, Samstagnacht, zu Beginn des Sommers, you see, saturday night, würde der Magier sagen, bevor er den Vorhangzipfel wieder fallen ließe. Halt ihn noch einen Moment. Vielleicht wird die Stadt morgen früh abgebrochen.

Heimweg

Aus der S-Bahn steigend, verlassen wir den Bahnhof Zürich-Oerlikon, gehen zwischen Einkaufszentrum und Swissôtel am Kleidergeschäft vorbei, in dessen Schaufenster Frauenkleider um Puppen drapiert sind, die statt eines Kopfes einen Strick haben, an dem sie aufgehängt sind. Wir erreichen ein weiteres Kleidergeschäft, vor dem früher ein Johannisbrotbaum stand. Jetzt ist der ganze Platz davor aufgerissen, der Baum ist gefällt, einige letzte zertretene Schoten am Boden sind noch zu erkennen. Das Gebüsch, aus dem jeweils die Spatzen tschilpten, ist weg.

Zwischen den Absperrungen für die Baustellen überqueren wir den Platz und biegen nun in die Straße ein, die zu unserm Haus führt. Zwei lachende schwarze Frauen kommen uns entgegen, die sich in einer afrikanischen Sprache das erzählen, was sie zum Lachen bringt. Hinter ihnen folgen zwei muslimische Frauen, beide einen Kinderwagen schiebend, umgeben von einer Schar von Kindern, ein Mädchen, das höchstens 11 Jahre alt ist, trägt auch schon ein Kopftuch.

Als wir über die Straße bei der Post gehen, holen wir eine tamilische Familie ein, die Frau ruft dem Mann offensichtlich zu, er soll etwas zur Seite treten, er tut es und gibt den Befehl dem kleinen Buben weiter, der trällernd vor ihm hergeht und wie eine Beute eine Flasche eines Limonadengetränks in beiden Händen trägt.

Nun haben wir die Straße erreicht, an der unser Haus steht, wir schwenken in sie ein, auf dem Trottoir weiter vorn ist ein Schwarzafrikaner mit einer tief liegenden Mütze zu sehen, der sich mit einem Mann von arabischem Aussehen unterhält. Die beiden wechseln die Seite, als sie uns bemerken, und wir öffnen das große alte Gartentor und sind zu Hause.

EPILOG

Die Ankunft

Als er durch das Land reiste und die Autobahnen, Umfah-
rungsstraßen und Tunnelröhren sah, als er vor den Centers,
Towers und Parkings stand, als er durch die Terminals, die
Shopvilles und die Wohnparadiese schlenderte, wusste er
auf einmal:

Es ist soweit.

Die Wölfe kommen.

Gerechte

Gerechtigkeit wird es niemals geben.

Umso wichtiger, dass es Gerechte gibt.

Die Taube

Eine Taube flog über das Kriegsgebiet und wurde vom Ro-
torblatt eines Kampfhelikopters zerfetzt.

Eine ihrer schönen weißen Federn schwebte in den Hof
eines Hauses, wo sie von einem Kind aufgelesen wurde.

Kurz darauf mussten die Großeltern und die Mutter mit
dem Kind flüchten.

»Wir nehmen nur das Nötigste mit«, sagte die Mutter,
raffte ein paar Kleider zusammen und stopfte sie mit ihren
Dokumenten und etwas Geld und Schmuck in einen Koffer,
der Großvater füllte zwei Flaschen mit Wasser, die Großmutter packte das letzte Brot, einige Äpfel und eine Schokolade ein.

Das Kind nahm die Feder mit.

Inhalt

Epilog